清代文學故事

【上冊】

清代文學故事 上

目次

清兵入關和滿族文學的興起

滿族就是舊時所說的女真族。這個民族最早叫做肅慎，夏商時候居住在松花江的上游，原來是一個典型的遊牧民族。它曾經是大渤海國的一部分，那時候上層人士一定已經有了文學創作，而民間也一定有數不盡的民歌和傳說。後來女真族漸漸強大，到宋朝衰落之時，已經踞有一方，聲威動人。另一支血統與之稍近的契丹族攻宋建遼。女真族又一舉滅遼，建立了歷史上赫赫有名的金朝。帝位幾傳，到了金熙宗手上，十四年時被堂弟完顏亮殺死。這完顏亮因為荒淫而被人廢掉，所以史書上又稱他為廢帝海陵王。他又因為讀了柳永詠西湖的詞，豪情頓發，舉兵攻打南宋，立志統一中國。完顏亮在文學史上傳有一首立誓「提師百萬臨江上，立馬吳山第一峰」的詩篇，以漢語的格律抒寫遊牧民族殺伐的銳氣，倒是別有一種新異之美。完顏亮後面是金世宗，世宗大力吸收中華文化，優禮漢人，一時國力日興。他死時又傳位給孫子金章宗。這章宗完顏璟的母親是宋徽宗的外孫女，因此他就有一半漢人的血統。他不僅詩詞俱佳，而且設立了獎掖文學藝術的機構弘文院。他的〈蝶戀花・聚骨扇〉詠摺扇，有「金殿珠簾閒永晝，一握清風，暫喜懷中透。忽聽傳宣頒急奏，輕輕褪入香羅袖」幾句，真是妙絕千載的神筆。一個皇帝的詩才往往是一個富於詩思的朝代的象徵。只可惜些許年後，蒙古人（和契丹人算是同族）聯合南宋把金朝滅掉了。女真人被趕回松花江和黑龍江流域，編成五個「萬戶」，允許他們自治，並把他們的駐地稱為建州。就這樣從元到明，女真人又過起了自由快樂的漁獵生活。只是一度那樣精美的詩詞創作恐怕又消失不見，而只剩下獵手和牧人們活潑自然的歌謠和傳說了。

晚明的風氣是沒落而又荒唐的，明神宗幾十年不上朝，怕和臣子見面。因此內部就有民變不絕。在邊境上，又昏昏沉沉，對凶悍的努爾哈赤一部一再遷就，對忠順的哈達和尼堪外蘭等部又不講信義。平時縱容邊將侮辱女真人，一旦女真人憤怒了，又一味地妥協。在明朝、起義的百姓、北邊的女真這三方面的力量對比中，其實明朝的失利甚至滅亡是必然的。萬曆年間，努爾哈赤開始誓師討明，父子兩代奮鬥，直到起義的李自成在崇禎十七年（一六四四年）間把北京打下來，然後再與同年和明朝降將吳三桂一起，打垮李自成，由第三代的順治皇帝正式定鼎中原。這時明朝的氣數已盡，所以南明終究不比南宋，幾次掙扎，卻越發黑暗，根本沒有恢復的能力了。

努爾哈赤在萬曆四十六年（一六一八年）正式和明朝決裂的「告天七大恨」裡面充分表現了滿族人的民族精神，那就是恩怨分明，樸素率真。明朝背棄邊約，縱容漢人到女真境內挖參，被殺後還要女真人償命，這是第三大恨；明朝的鎮北關附近的葉赫部，有明朝的官兵幫助抵抗努爾哈赤的進攻，為什麼明朝對葉赫那樣好，對我們這樣壞？這是第二和第四大恨；努爾哈赤的祖父和父親對明朝都很忠誠，卻慘遭殺害，此仇不可不報，這是第一大恨；努爾哈赤鍾愛的一個葉赫女，他從此女十四歲等起，等了二十二年，此女卻被明朝授意嫁給了西邊的喀爾喀部王子，這是第五大恨。親情、愛情、公義、信義，都有了。尤其有意思的是認認真真用這些話來告天，頗有口無遮攔的氣質，坦率得可愛。這氣質雖質樸，卻有些近於詩，它是這個民族健康開闊的精神世界的展露。

前面說過滿族有文學傳統，其實這也和這個民族的宗教信仰有一點關係。在滿族人的神話裡面，有對創世的天神阿布卡恩都里的信仰。他們相信天有十七層，天神住在最高層的天上，太陽、月亮和北斗星都在他的腳下。而像人間這樣的地方還有九層，地下是魔鬼耶路里所在的八層地獄。人因為在地上生活，所以有身體，死後就只是靈魂上天下地了。

薩滿就像其他宗教的祭司一樣，成為人間和天神的仲介。這樣就有了許多薩滿唱的神歌，有的還詳細地描述了人間的薩滿穿越一層又一層天，經受種種考驗而逐漸接近天神的過程，近似敘事長詩，很有文學價值。後來滿族漸漸接受了藏傳佛教，順治皇帝就一生禮佛信佛，而且身後還有是否出家的爭論。一個有著超出凡俗世界的精神信仰的民族，就一定會有對美的強烈追求。順治皇帝就同時有著極高的文學修養，並由此開了清代皇帝雅好文學的風氣，留下了數不清的御製詩文。皇帝以下，親王、大臣，滿族的上層人士一時都以文學創作為風尚，據袁枚《隨園詩話補遺》，到乾隆年間，甚至「滿洲風雅，遠勝漢人，雖司軍旅，無不能詩」。詞人納蘭性德、女詞人顧太清，都是獨步青史的奇才。散文方面有禮親王昭槤的《嘯亭雜錄》和敦崇的《燕京歲時記》，文言小說有和邦額的《夜譚隨錄》，也都是世代誦讀玩味的美文妙筆。至於說到白話小說，從《紅樓夢》到晚清文康的《兒女英雄傳》，精神光彩之盛，更是無與倫比。

滿族文學畢竟是漢語文學的一部分，彼此水乳交融，是後來的人很難分析清楚的，但它又的的確確給漢語文學帶來了許多新鮮的東西。滿族長期居住邊地，本來屬於和中央政權萬里隔絕的邊緣族群。它的入主中原，使得東夷自由歡快的歌舞精神衝擊著漢地四平八穩的雅音，種種北方民間曲藝的身份提升，比如八旗子弟中流行的「八角鼓」和「子弟書」就是明證。這樣一連串的文體地位都發生了變化。原來處在文學的邊緣地帶的許多所謂小技，比如楹聯和詩鐘，都一躍而成為領一代風騷的奇藝雅事。甚至始終受到歧視的白話小說，都直接得到清代帝王的賞識。皇太極打天下，依靠的就是一部翻譯成滿文的《三國演義》；金聖嘆評點《水滸傳》，將它和《莊子》、〈離騷〉、《史記》並稱才子書，這一革命性的文體評價歷來被傳統士人痛恨不已。同時代的另一個狂人歸莊就罵他將「小說傳奇躋於經史子集」是「不倫」，如果「有聖王」，就必然不由分說「誅」了他！可惜順治皇帝不是這樣的「聖王」，看過金聖嘆的小說評點後十分喜歡，說這是「古文高手，莫以時文眼看他！」再往後，高鶚補全的一百二十回本《紅樓夢》竟是皇家武英殿的刻本，皇帝以下，王公大臣人手一部。清代皇帝屢屢銷禁小說，也正是從反面表露出對這一文體的前所未有的重視。各式邊緣的文體就這樣在一代風氣的鼓蕩下，全面地挺進到清代文化的中心裡來了。這樣說來，滿族文學的興起，又是功德無量的事了。

喜歡舞文弄墨的順治皇帝

清太宗皇太極在勝利在即的時候忽然一病而死，一六四四年清世祖福臨即位，時年六歲，這一年遷都北京，年號順治。順治皇帝幼年之時，一切國家大事都由攝政王多爾袞執掌，南征北戰，面對著南明的頑強掙扎和漢人的民族敏感，很費了一番奠基統御的工夫。這時候的中國，本來就因為一輪文明將要沒落，而陷入晚明時節整個民族對形而上世界的內省沉思。抬頭沉思的結果是腳下起火，滿族人打了進來，有進攻，更有抵抗，像揚州屠城十日，血流遍地，帶來的是沉痛，是沉痛過後的空寥無言，是更深地沉入內心。文學，作為一個民族內心生活的真切流露，經歷了明清之際的變故，一下子成熟和壯闊了起來。順治朝的文學，就是這樣的明時播種而清時收穫的碩大果實。

順治皇帝年少聰穎，又深感政治的複雜，喜歡作出荒唐嬉遊的模樣，以使他的叔父多爾袞放心。就這樣一直長到了十四歲，多爾袞死，順治對這位叔父先上尊號，再奪爵位，親政之初就頗有魄力。他嚴懲貪贓之徒，不許太監干政，在對付南方復明義軍的問題上，恩威並施，曾想分一些江山給鄭成功，有一次甚至作好了親征的準備。不過順治皇帝喜歡佛教和天主教，如自己在御製〈行狀〉中所說「夙耽清靜」，愛玄想、好靜思，在幼弱的外表下有豐富的內心。他從小好學，願意和身邊的大臣辯論，極恨大學士劉正宗「廷議自以為是」，爭論之中不給他面子，又對劉正宗「優容寬恕」，不再追究。書法和繪畫都是順治皇帝的愛好。順治論書法推崇前朝的崇禎皇帝，他平日臨習〈遺教帖〉和〈夫子廟堂碑〉，好寫大字，曾一次寫大幅「敬」字數十幅。他曾經抄過一首唐詩送給善果寺的弘覺和尚，又曾經畫過一頭牛給了宋權。詩是唐人岑參的那首「洞房昨夜春風起，遙憶美人湘江水」，不特別出名，卻頗有風致，可見順治的閱讀之博，趣味之高。他畫的那頭牛據王士禎後來說「意態生動，筆墨烘染，所不能到」。他高興起來就招呼大臣過來，為之畫像，有的贈人，有的一笑之間當場燒掉。他畫的山水小品描摹「林巒向背，水石明晦」，據說深得宋元人的三昧。種種記載表明順治確實是一個風雅性靈的皇帝。

順治自幼喜讀漢語的小說，並每有自己的性靈見解。他喜歡看金聖嘆批點的《水滸傳》，以金為「古文高手」，使得金聖嘆頗生「九天溫語朗如神」的知己之感。而到乾隆年間就大肆地禁毀金聖嘆的批本，以為其中有「倡亂」的因素。這一變化從政治上看雖然可說是此一時彼一時，從境界上說卻畢竟有著太多的文學情趣上的差別。後來董鄂妃去世，順治很是悲傷，追謚端敬皇后，並要朝中文士詞臣寫出祭文。吳偉業有〈古意〉詩，其中幾句涉及此事：

從官進哀誄，黃紙抄名入；
流涕蘆郎才，咨嗟謝生筆。

北齊的盧思道挽文宣帝，南朝宋的謝莊挽孝武帝，都是歷史上感動君上的名筆。可是大家絞盡腦汁，卻屢次「呈稿」屢次「不允」，順治要求「須盡才情，極哀悼之致」。最後還是內閣中書張宸的祭文遞上去，才算交了差。張文裡面有這樣幾句：

渺落五夜之箴，永巷之聞何日？
去我十臣之佐，邑姜之後誰人？

順治皇帝讀完，不禁黯然墮淚。若論文學鑑賞力，他實在可以算做清代諸帝中的第一。

至於順治自己的詩文，具體的情況已經很難知曉。我們能見到的，有一篇御製的〈端敬皇后行狀〉，應該是出自他的親筆。此篇寫董鄂妃「事皇太后奉養甚至，伺顏色如子女，左右趨走，無異女侍，皇太后非後在側不樂」；寫她「寬仁下逮，……宮闈眷屬，小大無異，長者嫗呼之，少者姐視之，不以非禮加人」；寫她「性至節儉，衣飾絕去華彩，唯以骨角者充之」；還寫到她「習書未久，天資敏慧，遂精書法」。通篇是悼亡的筆調，語言樸素，痛切感人。另外順治皇帝棄世之前寫的那篇「遺詔」，列舉了自己的十四大罪，筆觸冷靜超脫，極有成熟韻味。

一個皇帝的精神世界總和他所處的那個時代的命運聯繫在一起，他的性情、嚮往與風格也一定會極深地影響和鑄造著整個時代的精神狀況。順治皇帝愛才憐才，棄世的前一年還親自關心詢問江南舉子們的科考情形，為其中一些人未能中進士而打抱不平。清初的文學政策也稍寬鬆，因為世祖的才情見地和當時民間的奇人狂士多有心靈境界的相通與相似。宮內某貴族親王曾贈藥給老名士尤侗，好心治他的消渴症，尤侗寫的謝啟卻出語滑稽不恭。人家打算加罪，告到順治那裡，結果順治笑著說：「文人之文，興到筆隨，豈能有所顧忌！」他甚至在宮中演出明遺民歸莊為明亡而作的〈萬古愁〉曲，此曲竟有當時最犯忌的字眼：

痛！痛！痛！痛那受寶冊坐長信的隻身兒，失陷在賊窩裡。……宮廷瓦礫拋，陵寢松楸倒。但聽得忽剌剌一天胡哨，車兒上滿載著瓊瑤，馬兒上斜摟著妖嬈，打撞處處，把脾兒臊。急得那些殺不盡的蠻子們一樣的金線鼠條，紅纓狗帽，恨不得把大鼻子的巴都們，便做個親爺叫。

像這樣的破口大罵，順治聽後竟激賞不已。這等超凡的襟抱，僅用寬容一詞是無法解釋的。

順治皇帝在位的時間不長，親政的時間更短。但他的開明活潑的主張，他的自由超脫的精神，都是從明清之際那個極特異的時代裡生長出來的，又返回來給那個時代的文學打上印記。新與舊、生與死、情感與理性、自我與家國……這些無疑都是貫通順治皇帝和他的時代、乃至他的時代的文學的共同的主題。正是所有這一切使得漢語文學在短短的十八年裡放出幾乎超過漢唐的奪目光華。

董說諷世續補《西遊》

話說這天唐僧師徒離開火焰山，一路向下走去。悟空忽對唐僧說道：

師父，你一生有兩大病：一件是多用心，一件是文字禪。多用心者，如你怕長怕短便是；文字禪者，如你歌詩論理、談古證今、講經談偈便是。

這是《西遊記》裡面的情節嗎？這分明是對晚明士林種種頹靡風氣的譏彈！上面的片斷出自明清之際復社名士董說（一六二〇—一六八六年）所作《西遊補》。全書十六回，情節夾在《西遊記》故事的第六十一回和第六十二回之間，敘說孫悟空「三調芭蕉扇」之後因睡在一株牡丹樹下，被鯖魚精所迷，化齋到「新唐國」，又到「青青世界」萬鏡樓的故事。小說雖不長，又屬附人驥尾，但卻恍惚善幻，奇趣橫生，魯迅先生評它為「殊非同時作手所敢望」的上乘之作。在明清之際的「同時作手」裡面，董說確實是出類拔萃的。據說此書始作於明崇禎十三年（一六四〇年），那年董說方二十一歲，已經正式受業於復社領袖張溥的門下，成為當時「江左名士爭相傾倒」（《蓬窩類稿》）的人物了。

若說到董說寫這部《西遊補》的緣起，實在和他童年的經歷不無關係。董說是浙江吳興人，家裡也曾經門第顯赫，但到父親這一輩已經衰落，父親董斯張只是一個絕意功名、喜歡佛道的廩貢生，但因為風骨超脫，與之交好的名士極多。董說五歲的時候，當時的大名士陳繼儒來府上造訪，陳繼儒問他喜歡讀什麼書，他忽然開口說：「要讀《圓覺經》！」舉座驚嘆。因此父親教他《圓覺經》倒是在四書五經之前，並帶他四處遊名山，訪高僧，可惜他八歲那年父親就去世了。董說十六歲就已補廩，但此後幾次進京應試都落了榜。董說加入復社時正值滿洲邊患，他曾給楊廷麟「上書自請斬樓蘭」，但碰了壁。董說本來自幼就喜歡以佛禪的慧眼來觀照迷幻的現實，晚明混亂的世態中又透著文明衰敗的悲涼氣息，令人肝膽俱寒。屢經挫折後他那原就敏感倦世的心當然更加蒼涼。董說在〈夢社約〉一文中說：「貧賤宜夢，憂愁宜夢，亂世宜夢。」他自號「夢鄉太史」，終日沉醉在夢幻世界當中，在寫作

《西遊補》的同時還寫了記述夢境的《夢鄉志》和《昭陽夢史》。《昭陽夢史》裡面記述了這樣一個奇怪的夢：「身在高山，望見天下皆草木，了然無人，大驚號呼。思此草木世界，我與誰語？痛哭，枕上盡濕。」好一個「天下皆草木，了然無人」的晚明世界！夢醒的董說面對著巨大的「人」的空場，愣愣地沒有話說。他在《西遊補》裡邊神遊過去、現在和未來，苦苦思量，終於得出「悟通大道必先空破情根，空破情根必是走入情內，走入情內見得世界情根之虛」的結論。

小說的第二回寫到「新唐國」城頭上的綠錦旗：「大唐新天子太宗三十八代孫中興皇帝。」悟空心想「師父出大唐境界，到今日也不過二十年」可能是假，但轉念一想，「也未可知，若是一個月一個皇帝，三十八個都換到了，或者是真」。這裡的「一個月一個皇帝」很可能是影射一六二〇年剛即位一個月就因服紅鉛丸而死的明光宗朱常洛。小說對那位新唐國的「中興皇帝」也多有批判和譏嘲，如悟空在綠玉殿聽到一個掃地宮女自言自語：

呵，呵！皇帝也眠，宰相也眠，綠玉殿如今變做「眠仙閣」哩！昨夜我家風流天子替傾國夫人暖房，擺酒在後園翡翠宮中，酣飲了一夜。初時取出一面高唐鏡，叫傾國夫人立在左邊，徐夫人立在右邊，三人並肩照鏡。天子又道兩位夫人標緻，傾國夫人又道陛下標緻。天子回轉頭來便問我輩宮人，當時三四百貼身宮女齊聲答應：「果然是絕世郎君！」天子大悅，便迷著眼兒飲一大觥。

分明是醉生夢死、奢靡淫逸的「風流天子」，偏要號稱「中興皇帝」！聯繫明代宮廷的現實，不能不說董說的筆觸是沉痛而又尖銳的。到第四回，孫悟空又在「青青世界」的「萬鏡樓」中，從「天字第一號鏡」裡看見了科考放榜的場景：

初時但有喧鬧之聲，繼之以歌泣之聲，繼之以怒罵之聲，須臾，一簇人兒各自走散。也有呆坐石上的；也有丟碎鴛鴦瓦硯；也有首發如蓬，被父母師長打趕；也有開了親身匣，取出玉琴焚之，痛哭一場；也有拔床頭劍自殺，被一女子捺住；也有低頭呆想，把自家廷對文字三回而讀；也有大笑拍案叫「命，命，命」；也有幾個長者費些買春錢，替一人解悶；也有獨自吟詩，忽然吟一句，把腳亂踢石頭；也有不許童僕報榜上無名者；也有外假氣悶，內露笑容，若曰應得者；也有真悲真憤，強作喜容笑面。獨有一班榜上有名之人：或換新衣新履；或強作不笑之面；或壁上題詩；或看自家試文，讀一千遍，袖之而出；或替人悼嘆；或故意說試官不濟；或強他人看刊榜，他人心雖不欲，勉強看完；或高談闊論，話今年一榜大公；或自陳除夜夢讖；或云這番文字不得意。

熱衷八股的秀才們的種種醜態一覽無餘。作者進而藉老君之口嘲諷他們是：

一班無耳無目、無舌無鼻、無手無腳、無骨無筋、無血無氣之人，名曰秀士，百年只用一張紙，蓋棺卻無兩句書！做的文字更蹊蹺：混沌死過萬年，還放它不過；堯舜安坐在黃庭內，也要牽來！

揭露明末八股取士的流弊，真是一針見血。到後邊悟空又變作虞姬，和西楚霸王假裝親暱，結果不辨真偽的項羽竟斬了真虞姬，還要侍女「不許啼哭！……賀孤家斬妖卻惑之喜」，這情節不禁令人聯想到晚明社會普遍的是非不分、價值倒錯，聯想到忠貞的袁崇煥反被離間殺害的慘劇，從而明白了董說詼諧的筆調後面實在有著濃重的辛酸。小說的第八、九兩回，孫悟空又到未來世界，恰逢閻羅病故，於是代閻王審秦檜，並處以種種酷刑。秦檜不服，大嚷：「後邊做秦檜的也多，現今做秦檜的也不少，只管叫秦檜獨受苦怎的？」悟空道：「誰叫你做現今的秦檜的師長，後邊秦檜的楷模！」繼續用刑，終將其化為血水。此處顯然也是作者直斥當朝權奸的鬱憤之筆。悟空又結識了岳飛，五體投地拜其為師，並續一偈子云：「有君盡忠，為臣報國。個個天王，人人是佛。」把忠孝倫理融會在佛法裡面，這也正是董說畢生信奉的人生哲學。然後是唐僧辭退八戒和沙僧，並娶妻名翠娘的情節。唐僧又奉新唐天子之命征西討伐婆羅密王，悟空和八戒只得混在軍中暗暗效力。誰知那婆羅密王竟是悟空當初鑽入鐵扇公主腹中時所留的種子！至於第十五回「殺青大將軍」的「美女尋夫陣」也是荒唐至極，恰是明末官兵潰不成軍的怪態的藝術折光。這些都是因為被鯖魚精氣所迷而產生的幻覺，最後是虛空主人把孫悟空從夢中喚醒。作者以鯖魚精暗喻了虛妄的「情根」，「虛空主人」則提示了小說的「虛空作主人，物我皆為客」的宗旨。

大明的氣數已盡，一代繁華轉眼流散成空。董說也成了時時「掩面而哭」的明遺民。他先是師從靈巖山南嶽和尚，搭了豐草庵隱居修行，後來乾脆在順治十三年（一六五六年）剃髮出了家，更名月涵，一直做到靈巖主持。從此斂蹤隱跡，不再與常人往來。

風雷劍筆顧炎武

一六四五年，清兵渡江南下，昏朽的弘光小朝廷頃刻瓦解，各地義軍蜂起，昔日堤柳煙花的江南此時充滿了血光。高官顯宦紛紛投降之際，在死守崑山的戰役中，有兩個文人卻憤然登上城頭，手執戰旗指揮抵抗。這就是歸莊和顧炎武。

僅僅十天之後，強悍的清兵就消滅了這支小股抵抗力量，一舉破城而入，崑山城裡無論窮富盡遭洗劫。顧炎武的四弟、五弟被殺死，生母何氏亂中被清兵砍去右臂。顧炎武小時就被過繼給叔伯家，崑山淪陷時，他恰好護送嗣母王氏避難到了常熟，因而倖免於難。不久，常熟也被清軍占領。剛烈的王氏絕食十五天，慨然赴死。臨終時的遺訓是：「無為異國臣子，無負世世國恩。」這一年顧炎武只有三十三歲。從這以後，他背負著國恨家仇，成了一個終生未敢忘卻復國之念的孤臣孽子。

顧炎武（一六一三—一六八二年），江蘇崑山人。原名絳，字忠清。清軍入關後，他有感於形勢，效法南宋名臣文天祥的高徒王炎午，為自己改名為炎武，又改字為寧人。因住崑山亭林鎮，人們又因此稱他亭林先生。顧炎武和同鄉歸莊是好友，兩人一同入的復社，社內人常聯稱他倆是「歸奇顧怪」。歸莊比較狂傲，顧炎武則一身正氣，不苟言笑，而且據說顧炎武相貌醜陋，瞳仁不是外白內黑，倒是反過來，外黑內白，從形象到內裡都著實是個怪人。

顧炎武有三個外甥：徐乾學、徐元文和徐彥和，都在朝廷裡做大官，也都是著名的學者，可卻都對舅舅顧炎武畏懼三分。康熙十五年（一六七六年），顧炎武曾經到過京城，徐乾學、徐元文在京做大學士，一天晚上，二人設筵，顧炎武被畢恭畢敬請為上座。禮節性的三杯酒剛剛喝完，顧炎武沉著臉就要走。外甥急忙挽留：「與舅舅難得一見，不妨暢飲一番，談至夜闌，再送舅舅回去安歇不遲。」哪知顧炎武聽此話立現怒色：「世間唯淫奔納賄二者皆於夜行之，豈有正人君子而夜行者乎！」訓得徐氏兄弟屏息斂容，不做一聲。顧炎武對外甥們有這麼大脾氣，主要還是不滿他們仕清，他秉性峻峭，就連倜儻慵懶的文士習性尚且難容，更不必說身仕兩朝了。所以他的朋友只要是做了清朝的官的，他一概與之絕交，其中包括錢謙益、吳偉業、朱彝尊。

清兵南下不久，顧炎武就以南京為中心，開始了常年不懈的抗清活動。當然基本是地下的祕密串聯，他扮成商人，化名蔣山傭，在江南一帶串聯活動非常活躍，另外也賺了很多錢。他還多次去南京的明孝陵拜謁。據近人劉成禺《世載堂詩》，近代訓詁學家黃侃在北大講清史時，曾說「小宛入宮，實顧亭林之謀」，此舉志在亡清，有仿效春秋時候越國獻西施亡吳的意思，黃侃說手上有不宣的確證，只可惜直到黃侃離世，也沒有把他的「確證」拿出來示人，所以只能姑存一說了。另外還有說法，認為顧氏於清代的會黨也有祕密創制之功。

順治二年（一六四五年），魯王棄紹興，由江門入海。顧炎武當時隱居鄉里，獨自登高望海，心緒滄茫，作〈海山〉七律四首，人稱「無限悲渾，故獨超千古，直接老杜」。

顧炎武四十五歲上隻身離家北行，在山東住了一些年後，又向西行，遍遊了大河南北長城內外的許多地方。顧炎武這樣做實是在圖謀反清復明的大計，北部資源富足，民風強悍，顧炎武每到一處都要查看形勢，廣交豪傑，囤積糧草，其實是一直在尋找可舉大業的根據地。康熙十六年，顧炎武來到陝西華陰，他發現這裡連通四方，足不出戶，天下盡知。退可入山守險，進則有建瓴之勢，於是才決定定居於此。從這些方面看，顧炎武儼然可稱為一個軍事家了。康熙二十年，顧炎武在山西曲沃辭世，享年七十。整整二十五年，顧炎武再沒回過家鄉，甚至妻子逝去，他也只是遙寄〈悼亡〉詩五首。他自稱「性不喜行舟食稻而喜餐麥跨鞍」，真是一個胸懷大志的鬚眉男子。

關於顧炎武還有許多奇特的傳奇故事：據《清史稿》記載，他本無子女，但在遊歷中，他每到一處都要另置妻室，居住一段時間後又孤身離去，因而肯定會留有後人。只是因為隨處以化名出現，縱有後人也難察訪了。這與他的處境及復國的深謀遠慮都有著某種關係。

奇怪的是，顧炎武常年旅居在外，財力上卻從未見什麼困乏。他的外甥們官位未顯時，都曾向他借貸，竟「累數千金，亦不取償也」。章太炎說，他曾經聽山西人講，顧炎武得到了李自成藏的一筆窖金，而且還以此為資本創辦了票號。他的好友傅山協助他料理經營。兩人共同創立新制，使有清一代的票號事業走上正軌。果真如此，則山西商業的富庶發達也要歸功於顧炎武了。

中年以後，顧炎武的很多讀書時間竟都是在旅途中，他有時默默背誦諸經注疏，有時又捧書大聲吟誦，進入忘我之境。有一次他讀書正入神，一不小心連人帶馬跌進了深溝，他竟然並不在意，重整行裝，繼續趕路去了。如遇到關塞，顧炎武便要細心考察一番，繼而找來那些親歷戰亂鼎革的老兵，與他們在小酒肆開懷暢飲，虛心詢問。老兵借酒興暢言當地風土、歷史變遷、種種生產勞動情況，顧炎武就認真地聽取，發現有與史料或舊說不符的地方，他就反復追問，直到核實為止。

這就意味著，顧炎武不僅通覽古今典籍，而且還掌握著清初經濟、制度、文化等的第一手材料。「行萬里路」，注重田野調查是顧炎武特有的治學作風，因而他才能發別人所未發，寫出《天下郡國利病書》這樣一部資料宏富、實用性極強的著作來。至於著名的《音學五書》和《日知錄》，雖然前者是考訂上古音韻的專書，後者是一部學術思想隨筆，似乎與實地考察關係不大，其實也都是大大得益於他走出書房、漂游四方的羈旅生涯。顧炎武一生著述甚豐，《日知錄》則是其中最具代表性的。

五十歲後，恢復大業的希望越來越渺茫，雖行旅奔波，顧炎武已越來越多地用學術來填補心中的失落情懷。陝西學者李顒、王宏撰也都成了他的好友。康熙二年（一六六三年），顧氏去陝西周至訪李顒，曾在附近關尹子的住宅舊址「樓觀」留詩：

頗得玄元意，西來欲化胡。
青牛秋草沒，日暮獨躊躕。

顧炎武本想以秦地為根據地，西來「化胡」——解除滿洲的統治，結果卻無人倡應，心境的孤寂悲苦可想而知。

晚年顧炎武作為學者的名聲越來越大。康熙十七年，朝廷首開博學鴻詞科，廣收天下飽學之士，並組織人力編修《明史》。很多人都想到了顧炎武，極力推薦他出山，顧炎武一概拒絕，甚至多次以自殺來表明決心。康熙十九年，也就是顧炎武去世的前兩年，他還特地撰寫一副春聯，表明自己的至死不變的故國情懷：

六十年前　二聖升遐之歲
三千里外　孤忠未死之人

遙想亡明舊事，悲壯之情溢於言表。

望七之年的顧炎武知道來日已經無多。激情漸漸消退後，他的心境也變得平和。他此時曾有一封給外甥徐元文的信，在平生著述中別成一格。信中，顧炎武竟誇讚當時的盛世景象為：「國維人表，視崇禎之代十不得其二三。」但又懇切指出自己四處查考親睹的種種強弱凌夷之苦，像這些「一方之隱憂，而廟堂之上或未之深悉」，因此禁不住「貢此狂言，請賦祈招之詩，以代袞秋之祝」。這個胸懷蒼生的老人終於超越了遺民群體的複雜與狹隘。

傅山：書畫雙絕，傳奇一生

白衣傅青主，是個風神俊朗、義薄雲天的傳奇人物。他不但在正史、野史、文學史、哲學史、美學史、醫學史、書畫史上都留下了千古不滅的赫赫英名，而且還常常出沒在民間的俠客演義裡──時而白馬輕裘，笑傲江湖；時而手執折扇，談吐恢弘；時而揮毫書畫，慷慨淋漓；時而懸壺濟世，行醫四方……其智勇才略，著實了得。

其實青主只是傅山（一六〇七－一六八四年）五十四個字號當中的一個，其他還有公之它、酒肉道人、西北之西北老人、濁翁等。有許多看起來似乎五花八門、不知所云，但其中都大有深意。或表明了他的世界觀、人生觀、社會觀，或詮釋出他治學以及為人處世的態度，或透射出他的生平志向，或暗含著反清寓意……蓋以後兩種情形居多。

志高者必負奇才，傅山亦然。民間關於他的那些神乎其神的傳說，都有實據可考，而非空穴來風。在梁羽生的武俠小說《七劍下天山》中，傅青主以「神醫」的身份出現，並在武林中享有極高的威名，這可不是小說家的虛妄之言。治學、行醫、反清，是傅山一生中的三件大事，他精通醫理，頗能「以醫術活人」，並有《傅青主女科》、《傅青主產後篇》等醫學著作傳世。在武學方面他也很有建樹，非但武功超群，而且據考證著有《拳譜》一書。

在治學方面，傅青主堪稱天才。他出身博學之家，又能超脫物外，自得天機，故能雄視當時學界，有「學海」之美譽。古來文人相輕習氣成風，而傅山的學品及人品卻獲得了當時及後世學界眾口一詞的推崇，被視為士林之典範。中國古代文人中獲此殊榮的，大概唯有傅青主一人。

傅山提倡泛覽群書，同時要有鑑別力，煉就一副火眼金睛，如此方能夠做到「一雙空靈眼睛，不僅不許今人瞞過，更不許古人瞞過」。其古學功力，由此可以想見。

傅山有時極為固執，他堅持寧拙毋巧、寧醜毋媚的美學思想，對造作的美深惡痛絕。但他又並非僵化冥頑之輩，譬如對趙子昂的書法藝術，傅山因不喜歡趙為人的無節，於是憎屋及烏，也薄其書法中的巧、媚。不過後來他平心靜氣，仍對趙的書法作出了公允的評價，認為到底「尚屬正脈」。

傅青主本人的書畫就堪稱雙絕。他善狂草，往往大醉之後，「野行以書」，筆至神至，豪放自然。他的畫則奔放不羈，以骨力取勝。傅山的墨寶向來為世所珍，稱之一字千金，價值連城是一點也不誇張的。

談到他的書法，有一則軼事不能不提。話說當時京城打鐘庵的寺僧想請傅青主題寫庵額，傅因厭惡這和尚品行不端而沒有答應。和尚於是重金拜託傅的一位朋友。這人設計宴飲傅山，趁傅微醉之時握筆書寫自己預先吟成的一首五絕，其中嵌有「打鐘庵」三字，謊稱要將此詩題刻在自家屏風上。但是寫了幾次都沒寫好，傅山於是欣然揮筆。事後，朋友將「打鐘庵」三字剜出，給和尚題在門匾上。傅山偶經此處，真相大白，驚怒之下，竟與朋友絕交。

不難看出，傅青主放誕狂逸，而且重節尚義。他生平與顧炎武最是投緣，竟成知交。雖長顧十年，但仰慕顧亭林的人品學識高義，竟拜投在顧門下，屈身甘為弟子。後人曾作有〈松莊高會〉圖，畫的就是二人高踞峰巔，長嘯松林，縱論古今，風采翩然，神情畢肖，令人悠然神往。二人一生相得，同學同志，又共舉反清大業，實非一般惺惺相惜可比。傅山曾贈給顧亭林一首詩：

河山文物卷胡笳，落落黃塵載五車。
方外不嫺新世界，眼中遍認舊年家。
乍驚白羽丹陽策，徐領雕胡五樹花。
詩詠十朋江萬里，閣吾傖筆似枯槎。

寥寥數十字，道盡了滄桑變幻。筆力非凡，風格迥異，一望而見名家氣派。

一六三六年，明朝官員袁繼咸被誣告行賄，陷於冤獄，傅山冒死營救，幾番組織學者請願，使其終獲昭雪。傅青主從此義名震天下。

除了十五歲時中了秀才，七十一歲時被清政府強行授予了中書舍人的頭銜，傅山一生再無功名，但他一生心繫國運，大半生都在為反清事業奔走。傅山生命中的前三十餘年是在明王朝度過的。明亡後，心靈受到重創的傅山毅然加入道教，自號朱衣道人，以示對故國的懷念。他加入道教可不是為了逃離塵世或求得長生不老的神仙之術，而是滿懷恢復故國的忠烈情腸。他萬里跋涉，浪跡無家，親身參與和組織各地的反清鬥爭。以張良自喻，據說傅山、顧炎武二人曾得到李自成的一筆窖金，為了長期支持反清復明大業，二人用這筆財寶在山西經營票號，以便為復國事業提供充足的經費。他們一生為之奔波的偉業最終成了水月鏡花，但山西票號卻就此流傳壯大起來，為日後山西的「海內最富」奠定了雄厚的物質基礎。可以說，傅顧二人是山西票號的頭牌祖師爺。

學者傅青主奔波不忘治學，經過漫長的探究求索，他的思想發生了根本性的轉變。親歷兩個王朝統治的傅青主由反清轉而走向反封建專制之路，提出了「市井賤夫可以平治天下」等帶有空想色彩的政治主張。

與冷情的顧炎武有所不同，傅山曾經有過美滿的愛情生活。不幸的是，在傅山二十六歲時，他的愛妻張靜君遺下五歲的幼子傅眉，染病辭世。悲痛欲絕的傅山從此與傅眉相依為命，誓不復娶。他一生忠於愛情，始終不能忘情於張靜君。在她棄世十四年後，傅山見到她刺繡的〈大士經〉，仍悲情不能自抑，淒然吟句「人生愛妻真」。他後來發憤習醫且精於婦科，與張氏的死不無關係。

青主與愛子傅眉既為父子，又半師半友。傅眉是傅青主美妙愛情的結晶，在流離生涯中給過他無限的慰藉。在孤苦的後半生中，提到「家」的概念，浮現在傅山眼前的，大概就唯有愛子的容顏身影了。

傅眉也是個才子，亦善書法，但不及其父。一次傅青主醉後狂草，傅眉以自己的字偷換，青主醒後見到案上字，不由得大驚失色，言道此字中氣不足，只恐自己將不久於人世。

傅眉急忙說明真相，青主喟然長嘆，斷言傅眉吃不到新麥了。不久之後，才華卓著的傅眉果真撇下老父、幼子，離開人世。傅山醫道精湛，活人無數，但面對自己最親愛的人卻偏偏無能為力。青年喪妻，中年亡國，晚年失子，縱有回天妙手，奈何造物弄人。傅山在淒愴的心情中作了長詩〈哭子詩〉十四首，託孤（傅眉二子）之後不久，也哀哀而逝。

傅山是個過於重情的人，所以他一生苦於情殘，最終死於情傷。

姚江黃孝子，文章開先河

明天啟六年（一六二六年）六月的一天，驛路煙塵滾滾。一封書信被疾馳的駿馬送到浙江餘姚城內一戶高大深闊的庭院：御史黃尊素大人被那些閹黨們在公堂上活活打死了！院內哭聲頓起。白髮蒼蒼的老人遭逢喪子之痛，欲哭無淚。他提起筆，疾書「爾忘勾踐殺爾父乎？」幾個大字，親手黏在牆上。一個十七歲的少年跪在地上默默無語。母親撫摸著他的頭，一字一頓地說：「孩子，你要是還認我是你的媽媽，就不要忘了你爺爺這句話！」少年重重地點了點頭。

這個少年就是黃宗羲（一六一〇—一六九五年），臥薪嚐膽的艱苦磨礪是他人生的真正開始。他父親死時只有四十三歲，和他父親一同被害的東林黨人還有著名理學家高攀龍等七人。崇禎元年（一六二八年）正月，十九歲的黃宗羲帶著為父申冤的奏疏，身藏鐵錐，踏上了通往京都的路。半路上，他聽說閹黨集團已經被鎮壓，又聽到別人勸他就此作罷，心中十分不平。閹黨雖死，那些閹黨的附庸、那些殘害忠良的兇手，卻仍逍遙法外！

黃宗羲堅持赴京，上疏請求誅殺直接策劃其事的許顯純、崔應元、李實、曹欽程等五人。崇禎皇帝要求刑部會審，至此其他死難者的子弟也紛紛趕到，京城的熱心民眾也都趕來觀看，大家「裂眥變容」，恨不能把那幾個惡貫滿盈的傢伙撕成碎片。李實辯稱誣陷七君子的文書署名是魏忠賢模仿自己筆體所簽，自己並不知情，但卻事先給黃宗羲送去三千兩銀子，想堵住他的嘴，結果黃宗羲當場戳穿他的把戲；許顯純提出自己是前朝萬曆皇后的外甥，要求減輕刑罰，也被黃宗羲以「構逆」的罪名駁回。結果許顯純和崔應元都被處死，押往刑場的路上，遭到黃宗羲和其他子弟的痛打，黃宗羲還拔了崔應元的胡須祭在父親的靈前。這之後，黃宗羲又會同其他子弟蜂擁到獄中，親手椎斃了兩個當年動手打死「七君子」的牢頭。至此父仇已報，幾個死難者的子弟在詔獄的中門前擺上水酒，失聲痛哭，祭奠忠魂。哭聲傳到宮中，崇禎皇帝不禁淚濕衣襟：「忠臣孤子，甚惻朕懷！」京城一時轟動，人人皆知有個「姚江黃孝子」，此時的黃宗羲卻已經護持著先父的靈柩出京上路了。

四方名士都趕到黃宗羲的家鄉要和他結交，朝廷也多次請他出來做官，但都被他辭謝了。他遵循父親的遺命，到紹興隨大儒劉宗周學習。後來黃宗羲又參加了復社，在南京和許多文士結為至交。閹黨餘孽阮大鋮被削為平民，卻總想東山再起，趁李自成等「流寇」起事的機會，收買無賴地痞準備干預局勢。一六三八年，以黃宗羲為首的復社諸生一百四十多人，聯名寫〈留都防亂公揭〉，揭露阮氏的罪行，誓與其鬥爭到底，不將其趕出南京決不罷休。阮大鋮看後關起門來不敢出去，「咋舌欲死」，並匆匆搬出南京往牛首山寺院中躲藏去了。這百餘人從此組織了「國門廣業社」，在桃葉渡地方日日歡飲，以嘲笑阮氏的醜態為樂。黃宗羲就是在這時和方以智等人成為好友。後來清兵入關，弘光朝召劉宗周入南京，黃宗羲也跟隨而至，誰知朝政又為阮氏把持，逮捕當年曾聯名驅阮的復社諸生，黃宗羲當然入獄。幸虧南明的刑部掌院有些良心，故意拖著不審，直到清兵入城，黃宗羲才乘亂逃回浙東家鄉。回家後他組織了一些乞兒流民成立「世忠營」，擁戴魯王朱以海定都紹興抗擊清軍。朱以海逃到海上成立行朝，黃宗羲也跟隨在海上漂泊多年，這中間還曾到日本的長崎搬兵求援，可惜未成。後來他又上岸，和全家一起隱居避難，在南明滅亡後漸漸把精力集中在思想學術上面，成為清初「海內三大儒」之一，並創立了浙東學派。

遺民的生活是清苦而淒涼的，「八口旅人將去半，十年亂世尚無央」，黃宗羲一家人備受流離之苦。不過「年少雞鳴方就枕，老年枕上待雞鳴」，黃宗羲越發感覺到時間的珍貴。這一段時間裡他一直堅持講學、著述，並開始整理宋以後的思想史，將蒐集的大量資料編成《宋元學案》（由其子續完）和《明儒學案》，開了撰寫斷代思想史的先河。治學的日子有著心靈生活的充實，但卻不能減少他對故國的懷念。「江村漠漠竹枝雨，杜鵑上下聲音苦。此鳥年年向寒食，何獨今聞摧肺腑。」（〈三月十九日聞杜鵑〉）詩人遙望昔日金陵，不禁淚眼模糊。但既然恢復無望，既然金陵意氣、海上雄圖都已成為傷心往事，冷靜下來的黃宗羲就開始著手探討明朝滅亡背後的制度原因了。黃宗羲的《明夷待訪錄》成於康熙二年（一六六三年），主張法治，批判君權，強調發展工商，張揚民本精神，鋒芒銳氣震撼當世，並成了近代民權革命的號角先聲。這之後他又繼承先師劉宗周的事業，在餘姚等處復開證人書院，講學十六年，而以「物無窮盡，日新不已」和「理根於氣」為宗旨，尤其強調「踐履」，注重實行。黃宗羲遭逢易代之際的種種慘烈情狀，開始漸漸相信「人人生而自私」的荀子之學，這也可見他心靈的受到傷害之深了。

黃宗羲相信精彩的文章是天地的元氣，而評價文章「美惡」的標準是看它和「道」之間的「離合」狀態如何。他又親自動手，廣泛蒐羅前朝祕籍，先後編成《明文案》和《明文海》，規模之宏博世所罕見，標準之嚴格也超出常人的想像。他自己的文章也被時人稱做「不落世諦」的「真古文種子」，許多寫給抗清將領和市井奇士的志傳文字都清朗明暢、饒有情味。黃宗羲喜歡宋詩，論詩主張性情，不喜模仿。有個人拿著詩稿來向他請教，黃宗羲看後說：「很像杜詩。」那人頓時歡天喜地，哪知他隨後又補充說：「這確是杜詩，可是你的詩在哪裡呢？」隱居的日子裡黃宗羲依然情操不改，於是有了許多富於空靈淡泊情致的詩篇，像著名的〈山居雜詠〉之一：

鋒鏑牢囚取次過，依然不廢我弦歌。
死猶未肯輸心去，貧亦其能耐我何。
廿兩棉花裝破被，三根松木煮空鍋。
一冬也是堂堂地，豈信人間勝著多。

他晚年崇尚那種「止於不仕」而又不廢「當世之務」的「得中」的人生態度，將這樣一種又有原則性又有靈活性的態度稱為「真遺民」的態度。原因很簡單，清初的統治者「仁風篤烈」、禮賢下士，「儒者遭遇之隆」實在是亙古罕見的，黃宗羲不得不發自內心地折服。這些話不像是出自遺民之口嗎？後面還有呢，黃宗羲甚至說清代是「五百年名世於今見之」，讀書人應當「以琴瑟起講堂之上」，為之謳歌讚美。他和錢謙益始終交好，與仕清任職的崑山徐乾學關係相當不錯，還把兒子黃百家和弟子萬斯同派去為清廷修明史，並親自為清廷所修明史審稿。這些也許都曾為人詬病，但若換個角度看，它們又何嘗不是他的開明通達的精神境界的絕妙註腳呢？黃宗羲在一六八三年曾寫有〈江村〉小詩：

江水繞孤村，芳菲在何處？
春從啼鳥來，啼是春歸去。

唯其博大寬厚，方能蘊藉空靈。康熙三十四年（一六九五年），他安靜地病逝於家中，死前囑咐：墓中置一石床而不用棺槨，死後不要佛事、七七、紙錢。據他的再傳弟子全祖望說，黃宗羲這樣做是盼望著肉體隨著前朝而速朽。而他的精神卻已邁入了新朝代、新生活、新境界，化入了「天地元氣」的無窮和永生。

王船山的〈落花〉悲歌

湖南衡陽，石船山麓，殘陽泣血。山坡上一幢孤獨的木樓，一位面容清瘦的七旬老者，站在窗前，靜聽樓前流水。晚風吹著他蕭疏的白髮，許久，他才輕輕地嘆了口氣——他，就是明末清初著名學者、思想家王夫之。

王夫之（一六一九—一六九二年），字而農，號薑齋，又有一瓢道人、雙髻外史等二十多個名號。晚居石船山，自稱「船山遺老」，是明末清初一位偉大的啟蒙思想家和愛國詩人，有著強烈的民族思想。明崇禎十五年（一六四二年）中舉人，永歷時為行人司行人。入清時參加抗清運動，追隨明桂王在廣西一帶作戰，失敗後，歸隱石船山，閉門著書，有《船山遺書》共七十種。

王船山祖籍本來在江蘇高郵，明永樂初年才遷到衡陽，到他已是第九代了。船山祖先多為中下級軍官，直到高祖，才開始「以文墨教子弟」，曾祖王雍文名遠播，且家境殷實，到祖父王惟敬時漸趨衰落。船山父王朝聘自幼讀書，也不善謀生。船山兄弟三人：長兄介之，仲兄參之，夫之最小。但王家上下數代卻只有這最小的夫之學術成就最大，為人氣節也為世代人所敬仰。

王船山生在明末清初戰亂紛爭的動盪年代，戰爭的頻繁、政權的更迭給黎民百姓帶來莫大的災難，也極大地刺激了王船山的政治熱情。一六四〇年，船山二十一歲時，就參加了當時進步知識分子的組織——匡社。匡社沿襲了復社的風格，社人在一起一邊交流學術思想，一邊交流進步言論，抨擊明朝政治的腐敗。一六四六年，船山上書南明王朝的湖北巡撫章曠，建議聯合農民軍抗清，但未被採納。一六四八年，船山在衡山舉大旗，投入抗擊清軍的戰鬥中，幾經波折，他的抗清活動失敗，於是改名換姓，輾轉流落在湘西，自稱「瑤人」，十年後，方定居衡陽石船山下。

王船山矢志與大清朝對抗，曾試圖與農民軍聯手。但事實上，他對農民軍也看不入眼，斥之為「流賊」。崇禎十六年（一六四三年），張獻忠攻下衡州，下令廣泛招攬人才，招請王船山及兄介之，他們兄弟拒絕合作，跑到南嶽山雙髻峰下藏了起來。農民軍抓了他父親王朝聘為人質，要船山兄弟以人來贖。船山聞訊，便用刀把臉和四肢刺破，並敷以毒藥，然後叫人把他抬到張獻忠營中。他偽裝自己病重，不堪任用，又謊稱長兄已死，張獻忠才把他父親放回去，他自己也在夜裡逃了出來。

這一年船山二十五歲。一六五二年（順治九年，永曆六年），大西農民軍領袖李定國率兵十萬，戰象五十，進行反攻，大敗清軍於桂林、衡陽，派人邀請船山參加抗清，亦被船山拒絕。王船山真是個固執的老頭，他能堅持「完發以終」。據說他晚年獨居一座小樓，不與人來往，一些地方官也同情他的遭遇，佩服他的堅貞，對他留發也作寬容態度。新任崔知府上任後，想強迫他剪髮。有次率領一批人偷偷爬上小樓，看見王夫之拱手而立，凜然不可犯。崔知府不禁低頭敬禮。改口說：「我是特地來問候您的。」船山老夫子還曾親自為自己寫墓誌銘，曰：「抱劉越石之孤憤，而命無從致；希張橫渠之正學，而力不能企。幸全歸於茲丘，固銜恤以永世。」並自擬墓碣：「有明行人王夫之之墓。」

康熙十四年，王夫之在衡州附近石船山築湘西草堂，進行著述。但因為他過的是隱居生活，生前沒有多大聲望，死後幾十年內仍默默無聞，直到道光十二年（一八三二年），他的族孫王世全才開始陸續刊行其作，同時代的黃宗羲、顧炎武，雖也隱居，但卻名動一時。王夫之席棘，聲影不出林莽，又曾經歷婦喪子夭之痛，可見他所經歷的苦痛，更重一籌。

王船山平生著作頗多，有一百多種，四百多卷，共八百多萬字。他的哲學思想，開啟了中國近代的思想運動。侯外廬對王夫之有高度評價：「我們不能不欽服他可以和西歐哲學家費爾巴哈孤處鄉村著書立說並輝千秋，他使用頗豐富的形式語言成立他的學說體系，我們又不能不說他可以和德國近世的理性派東西比美。」王船山的學術思想，博大精深，最值得一提的是他的詩論。他的詩論集中反映了明清之際的文學思潮的轉變。王夫之認為，情是詩歌藝術美的本質所在，詩歌必須以情動人：「詩以道情，道之為言，路也。情之所至，詩無不至，詩之所至，情以之至，一遵路委蛇，一拔術通道也……往復百歧，總為情止，卷舒獨立，情依而生。」王船山的詩論別有創見，且對「興、觀、群、怨」的古典詩歌理論加以繼承，並把興、觀、群、怨作為「四情」，納入他「以情為主」的體系中：四情表現了感情中不同的內容，四者相輔相成，互相轉化，詩人藉此抒發內心的情感。對於一位堅持抗清的明代遺老，能提出如此富有生命活力的理論，是很難得的，這也更說明船山思想體系的複雜與偉大。

船山還是一位詩人，他的詩，是他詩歌理論的實踐。如〈讀指南集二首〉中「滄海金椎終寂寞，汗青猶在淚衣裳」，被稱為〈離騷〉嗣音：「悱惻纏綿，焄蒿悽愴，其耿耿孤忠，怨結不能自已之情，隨處迸發流露。」因而感人泣下。船山詩作甚多，下筆如神。明思宗自縊身亡時，船山曾作〈悲憤詩〉一百韻，後來福王、唐王、桂王相繼被害，他都寫過〈續悲憤詩〉，前後共四百韻，可見他的詩數量之多。又有〈落花詩〉、〈補落花詩〉數首，其中一些很是膾炙人口。下面引一首〈落花詩〉：

生不辜春死亦香，飛蓬墜籜漫輕狂。
笑人雲袂仍泥滓，奈此瑤璣夾雨涼。
越館無心隨上甃，仙丹有約屢依檣。
江幹鶴瘞千秋伴，共怨人間甲子忙。

表面詠落花，同時也是對自我精神品質的肯定，和對「世風日下，人心不古」的嘲諷，表現了一朝遺老的思索和精神苦痛。

晚年的王船山過了半世的隱居生活，心情漸趨平靜，於青燈古書中，吟得人生三昧，他的幾首小詩正表現了這種暴風雨後的平靜。下面一首〈水仙〉便是他古稀之年的詩作，詩情明麗閒緻，散發出一種自然的清香：

亂擁綠雲可奈何，不知人世有春波。
凡心洗盡留香影，嬌小冰肌玉一梭。

亂世出才子，文苑大宗師

想當年漁陽鼙鼓驚破了〈霓裳羽衣曲〉，隨著漢唐氣象的日漸模糊黯淡，飛揚軒昂的盛唐之詩也挾帶著一路煙塵滾滾而去。從此，詩經由五代宋元流轉而下，到了朱明王朝，更是在前後七子復古風氣的籠罩之下陷入低潮。三百餘年裡，明詩始終在擬古與反擬古的曲折鬥爭與反復論辯中徘徊不進，罕見大家，更少傑作。但錢謙益是個例外，自從東南文壇崛起大宗師錢謙益（一五八二—一六六四年），詩壇局面就得以廓朗一新。

亂世出才子。據徐珂的《清稗類鈔》記載，這位錢謙益尚書一向以富記憶力而著稱。他幼年時曾與人打賭，以誰能列舉《四書》語句中的「口」字最多來決勝負。有人舉出「人知之亦囂囂，不知亦囂囂」二句，得十八個「口」字。那人正當得意之時，錢悠然吟出「謳歌者不謳歌益，而謳歌啟」句，共得「口」字十九，令對手折腰嘆服，遂從容獲勝。錢謙益也頗因此而自負，自言十六七歲時即能將李夢龍、王世貞的文集倒背如流。錢藏書極豐，據說在長江以南，沒有人能夠同他匹敵。晚年時絳雲樓發生火災，其所珍藏的宋元精刻本皆焚於一炬，他竟在高齡之年完全憑追憶撰出《絳雲樓書目》，遺漏甚少。其捷才可見一斑。

錢謙益詩文俱精，被與之同為江左三大家的龔鼎孳譽為「文苑之宗師」。錢謙益文名鼎盛，時人難以望其項背，這除了過人的天資外，也與他淵博的學識及深湛的造詣不無關係。錢一生酷好讀書，博通經史，廣覽百家。旁及佛乘，皆能信意驅使，為文自是閎肆奇恣。他的讀書方法也與眾有別：每種書都備有副本，遇有新奇的字句，就摘抄下來貼在正本的上格，以便查尋閱覽。至於他的詩，曾與他共過患難的弟子瞿式耜評價說，是「以杜、韓為宗，而出入於香山、樊川、松陵以迨東坡、放翁、遺山諸家」，博採眾長，兼容並蓄，風格獨特而富於變化，時而雄奇、時而沉鬱、時而溫婉、時而穠麗。描寫鄭成功水師軍威的「樓船盪日三江湧，石馬嘶風九域陰」，氣勢流動，頗富陸放翁的沉雄豪壯；「略彴緣溪一徑分，千林香雪照斜曛」，信筆勾勒出眾香庵的梅花盛事，不乏杜樊川的悠揚風調；感泣南明政權終結的「凌晨野哭抵斜暉，雨怨雲愁老淚微」，深哀巨痛在筆端鬱鬱流轉，飽含老杜的蒼涼沉鬱之氣……融會多種風格而不露斧鑿之工，出神入化，自成一家。一時間錢謙益名重天下，當時「凡四方從遊之士，不遠千里，行縢脩贄，乞其文……絡繹門外。……」

錢謙益的詩歌創作開創了清一代詩風，他所倡導的詩論也影響了整個清代詩壇。明清之際，各種文學思潮交相興替，流派紛呈，各家各派皆自執一見，論戰不休。錢謙益則不然，他的文藝思想集眾家之精華，不拘於一家之言。錢早承七子，後推唐宋，旋又傾心於李贄的個性解放論調，和公安派的袁中道及戲曲家湯顯祖都有密切的交往。錢謙益反對嚴羽的「妙悟」等說，但宗秉「神韻」的王士禎卻得到過他的提攜和獎掖。不難看出，與同時代甚至前代的文人相比，錢謙益目光高遠，卓然不群，是一個罕有的開明文士。

文風的開明使得錢謙益躍身於眾人之上，先為明末復社領袖，又為清代文壇開山宗匠，他的傑出不是一般的才子所能與之匹敵的，他是一匹天縱之馬。但同樣的一種個性放諸於明清易代之際變幻的政治風雲中，事情就變得微妙撲朔起來。倘若錢謙益是孤忠耿介之士或貪生怕死之輩也就罷了，但偏偏他都不是。亂世的臣子一向比較難做，而且又是一個才華橫溢但卻老是不怎麼走運的臣子。錢謙益始終有著強烈的入世願望，他超然不起來，他始終關注著世情，因而他一生的遭際也就是一個隨著政治風雲起落沉浮的過程。不過說到底他還是一個性情中人，命運的窘境和人生的動盪使他的性格趨於複雜而富爭議性，但卻賦予了他的作品以沉雄深婉的魅力，在另一個意義上將他推向了巔峰。錢謙益是個政客，但他首先渾身洋溢著文士氣，這種氣質是從骨子裡透射出來的，再大的政治風浪都揮拂不去。

南京淪陷，他以望六之年充任迎降的文臣班首，從此為士林所詬病，後世史家也普遍認為他大節有虧。但投降後的錢謙益又並未按照降臣的慣例諂事清朝。他入都後的第一個願望是為前朝修史，由此可見在骨子裡他仍然首先是個文人而非政客。他的「奔競熱中」是可以理解的，學而優則仕，一個志大才高又自詡知兵的知識分子試圖在政治上一展抱負，這是完全正常的。仕清不得意，他便以疾辭歸，這也是一個大膽的舉動，因為當時法令森嚴，朝廷官員沒有敢請假的，而他錢謙益竟然敢拂袖而去，馳驛回籍，實是狂誕之至。錢晚年支持反清復明，懷念故國的詩篇更是情真意摯，惹惱了清帝乾隆，下令禁毀其作品，並將其編入《貳臣傳》。後人亦據此種種斥責詩人反復無端，方苞甚至詆之曰「其穢在骨」。這對於詩人實在是太過苛責了，固然他於明於清都算不上是忠臣，但只能說詩人錢謙益並非一個拘泥於傳統名節的人罷了。

錢謙益所忠於的，是自由的個性，他所追求的，是獨立的人格。他親近馬士英、阮大鋮而被人所不齒，但阮是舊交，而馬士英則是欣賞他的才華，士為知己者死，就錢謙益而言，他的親近自有他的道理。他投降了清軍，但卻以一降而保全了一城百姓，況且一個薄恩寡道的昏君崇禎，又有什麼資格值得他錢謙益以身相殉呢？明亡後的歲月裡，他逐漸意識到，儘管河山依然是舊日的河山，但唯有那業已永遠消逝的明故國才是他真正的心靈故鄉。

錢謙益辭歸後，受到反清義軍黃毓祺一案的牽連，被關到南京的監獄裡。在獄外看管期間，詩人的好友盛集陶常與之唱和。這首和詠落葉的詩即為其中之一，歷來被視為錢氏的代表作。此時的詩人，已飽經憂患，遍歷滄桑。牢獄於他並不陌生，早在他度過生命中大半光陰的前朝，就已幾番起落，至尊至辱早都嘗過了，至尊時屢欲入相，至辱時委頓牢獄。但此番國破家亡之後，以老邁之身卻仍然難逃劫數，詩人心中自是別有一番蒼涼的感慨。金陵王氣已黯然而非，「徒有樹」、「正無衣」道出前途遙遠、未來迷茫的悽愴迷離之境，寒空孤雁尚有落腳容身之處，而詩人卻徹底失去了心靈的歸宿。

詩人的故國情結始終無法消解，新朝也並沒有給他施展宏圖的機會，「羅刹江邊人飼虎，女兒山下鬼啼鶯」，他又不斷地耳聞目睹著滿清貴族的殘暴和故國遺民的悲苦流離。禮法名節不能束縛錢謙益，但斯情斯景卻強烈地刺激著詩人的心靈。悲憤與愧悔交織激盪，導致了詩人晚年毅然投身於抗清活動。詩人自始至終是真誠的。他一生屢繫訟案，但皆不是為大奸大惡之事；親近馬阮，卻不曾有虛詐苟貪之舉，而是「有報國心，長疏陳四事」……詩人從未在詩篇中為自己辯解，倒是直抒了悔憾之情。他的詩歌成功地實踐了他自己詩須本於性情，立足現實的詩論主張。也正是他的真摯詩情附帶來的強烈感染力觸怒了清帝，因為同一個原因他的詩又屢禁不絕。

錢謙益，這個歷盡兩朝悲歡的「貳臣」兼詩人，他心路的坎坷與曲折，不是「反復無常」四字所能解釋得清的。這種複雜的心境，只怕聰慧亮烈如他的紅粉知己柳如是也未能盡知。「白頭燈影涼宵裡，一局殘棋見六朝」，詩人心頭的隱痛是無法言說的。

詩人一貫憑真性情活著，放廢之後更將浮名視作過眼滔滔雲共霧。錢晚年得遇風華絕代的秦淮名妓柳如是。他愛慕柳如是明豔的容顏，激賞她曠世的才情，敬重她亮烈的品格。錢謙益對柳如是的交識不同於一般的文人狎妓，他是將柳引為知音，關於愛情，詩人吟詠道：「並頭容易共心難」，他所追求的是二人同心的情中佳境。愛愈濃、賞愈切、敬愈深，為了表達對她的深摯情意，辛巳年（一六四一年）夏天錢謙益正式到松江以彩船香車大禮迎娶柳如是。簫鼓入雲，蘭麝香飄，完全以夫人之禮相待。這種在時人眼裡違背禮法的舉動惹惱了當地士紳，討伐聲四起，更有一班湊趣起鬨的浪蕩少年向船上拋擲磚頭瓦塊。但錢謙益坦然無忌，從容催妝。臨水憑欄，衣袂翩然，一派名士風範，令人望塵莫及。

其後，錢謙益賣掉了價值連城的珍貴藏書，耗巨資為河東君柳如是修建了一座「絳雲」樓，大概是想要坐擁美人奇書以終老吧。二人在樓中「爭先石鼎聯名句，薄暮銀燈算劫棋」，一幅溫馨浪漫的閨閣風情畫。

對於錢謙益的降清，世人頗多詬病，連柳如是都對他有微詞。雲間人陳子龍曾在寺院的牆壁上題詩譏諷：

入洛紛紜意太濃，蓴鱸此日又相逢。
黑頭早已羞江總，青史何曾惜蔡邕。
昔日幸寬沈白馬，今來應悔賣盧龍。
可憐折盡章臺柳，日暮東風怨阿儂。

錢謙益的感傷與無奈自不待言，但他依然坦坦蕩蕩的穿著那件特製的小領大袖的衣服，據說小領是為了遵從新朝制度，大袖以示對前朝的追懷。錢一任人們將他譏之為「兩朝領袖」，他的說法是發自內心的，他沒必要偽飾。降清就是降清，抗清也真是抗清。無論出仕哪朝，他只不過是在尋找一個能淋漓盡致發揮自己的地方，遺憾的是明清兩代都沒有給他機會。良禽擇木而棲，其實本來就沒什麼好難為情的，但人們講慣了忠君，所以容不得他。

有才的人多半都有點傲。錢謙益盛負才名，狂情自然也是有的，但他卻並沒有染上文人相輕的習氣。錢謙益樂於培育人才，「……宗伯（謙益）文價既高，多與清流往來，好延引後進。」清初的王士禎、宋琬等人都受益於他的提攜。錢謙益的兩位得意弟子都是名垂青史的民族英雄，一位是南明督師瞿士耜，另一位即婦孺皆知的鄭成功。值得一提的是後者，鄭成功聲言與他那投降滿清的父親恩斷義絕，而對另一位同樣降清的錢謙益，他卻恭恭敬敬地以師禮事之，不能不說這是一個耐人尋味的細節。

詩人在八十三歲高齡悽惶離世，留下紛紜斑駁的遺事供人評說。或許詩人早就知道，後來的人並沒有誰會願意為一個變節之臣過多地說些什麼，世間唯有他優美的詩篇將要默默無衰地流傳。

悲情才女柳如是

人們常習慣於把清代女詩人柳如是的生平感遇歸入才子佳人的套路中去，這種說法固然有其緣由，但到底還是有些不一樣的。世上關於才子的傳說裡，一般只是於柳暗花明處掩映著佳人的倩影。不過倘若姿容絕代的佳人還是位風神才藝足可傳世的才女，那麼故事的內涵就要深刻豐富得多。倘若這位佳人兼才女同時又是一位流落煙花但卻品格亮烈的風塵女子如柳如是（一六一八—一六六四年）者，那麼眾口流傳的故事就更會演繹成一段轟轟烈烈的傳奇。而在這些千古不衰的傳奇裡，才子們往往已淪為配角。

明朝末年，個性解放的社會思潮影響著商品經濟比較發達的江南一帶。知識分子的自我意識空前覺醒並成為他們淋漓盡致加以表現的內容。與此同時，秦淮河畔的高級藝妓中日漸崛起了一個引人矚目的才女群體。這些女子們不同於以往時代的歡場女子，她們多半都色藝雙絕，「或長於詩、或長於畫、或長於音樂，或長於巧辯」，一如林語堂先生在《說青樓》中所言，「在中國古代社會，她們才可算是唯一的自由女性。」江南才子雲集，因而她們所傾慕景仰的既不是一擲千金的富商巨賈，也不是青樓薄倖的紈綺子弟，而是學識淵博、清剛正直的清流名士。在諸多得以優容發展才藝的紅粉佳麗當中，秦淮名妓柳如是堪稱極為大氣的一個。正因這一份俠骨柔腸、劍膽琴心的大氣，她的才華、她的節操才超乎眾人之上，令其生前死後的許多士大夫都望塵莫及，自嘆弗如。誠然，才子們多的是天縱之才，但傳奇女子柳如是除了鍾天地靈秀之氣的天賦才華之外，還有著悲情而坎坷的人生和曲折而多舛的心路作為命運背景。在這種因為經歷了太多的掙扎和磨礪，承受了太深的苦難和創傷而魅力四射的人生面前，作為上蒼寵兒的男性才子們的天縱之才是不足恃的，他們只是比較幸運而已。

詩人柳如是，原本姓楊名愛，字蘼蕪，是吳江盛澤名妓徐佛的養女。徐佛以畫蘭聞名，琴技亦佳。青出於藍而勝於藍，柳如是非但長於詞賦，而且精通琴棋書畫，自幼便是一副清奇倜儻的派頭。據說她的稚作〈男洛神賦〉就曾驚倒鬚眉，柳因此被王士禎譽為「女中陳思」。柳如是曾為望海樓題過一副著名的楷書對聯，「日轂行天淪左界，地機激水捲東溟」。筆力勁健飄灑，意境雄渾高遠，從落墨的大膽和運筆的氣魄中，實難想像這令後來人望而卻步、嘆為觀止的筆墨竟出自一纖纖女子之手。柳如是亦善畫，最工花卉小景，她筆下的山水、石竹無不雅秀奇致、逸趣橫生。所以，稱柳為清代閨閣中的群芳領袖，她是當之無愧的。

可是，當年嫵媚嫣然的少女楊愛是如何成為後來那個閱盡滄桑的柳如是的呢？

少女楊愛在十餘歲時就已出落得風致楚楚，名冠一時。崇禎四年（一六三一年），在吳江故相周道登家充任侍婢的楊愛不堪凌辱，離開周家，流落北里。次年，十五歲的楊愛遇到了「雲間三子」之一的陳子龍（一六〇八—一六四七年）。陳子龍年長楊愛十歲，二人才堪比肩，正當華年，又都不是俗流，於是彼此間萌生了真摯纏綿的愛意。楊愛的悲情人生也由此拉開了帷幕。崇禎八年的春天和初夏，二人同居於松江的生生庵別墅，形影相隨、餐詩飲賦，這段時期可以說是楊愛生命中最為甜美歡暢的日子。可惜好景不長，陳子龍祖母高安人、繼母張孺人都容不得這位才貌雙全的金屋阿嬌，「輕狂無奈東風惡」，重重壓力之下，〈釵頭鳳〉的戀愛悲劇在陳楊之間再度上演，一對愛侶只得含悲離散。但這段風流繾綣的情緣卻一世難了結。陳子龍為著名的抗清豪客，詞作蒼涼而多悲風，但在〈滿庭芳・送別〉中卻對他心愛的女子寄寓了無限的溫柔和依戀，一往情深而又無可奈何——「從去後，……

念飄零何處，煙水相聞。欲夢故人憔悴，依稀只隔楚山雲。無過是，怨花傷柳，一樣怕黃昏」。陳詞集中頗多追懷此情的「怨花傷柳」之作。楊愛遂改柳姓，直至終老。柳亦始終不能忘情，在分別四年之後的飄零中，她以寒柳自比，抒發了淒然而孤獨的情懷，這首〈金明池・寒柳〉的下片更是悱惻哀豔，感人至深：

春日釀成秋日雨。念疇昔風流，暗傷如許。縱饒有，繞堤畫舸，冷落盡，水雲如故。憶從前，一點東風，幾隔著重簾，眉兒愁苦。待約個梅魂，黃昏月淡，與伊深憐低語。

昔日難再來，「深憐低語」已成夢。但她寧肯與梅魂相守一生，也決不會隨波逐流。刻骨銘心的情緣和歡情突散的情變在她心間打下了太深的烙印，也留下了太重的傷痕。陳子龍後來在復國事發被捕後投水自盡，不難想像，倘若二人得以結合，那麼柳肯定會毫不遲疑地追隨陳子龍共同殉難。

柳所結交多為當時高士，其中包括當時的文壇盟主錢謙益。柳傾慕錢的才名而化名柳是，又女扮男裝前往拜訪。錢以為是庸俗士人，拒而不見。讀了她的詩作後，大驚之下前往相見，發現作者竟是位容顏絕美的女子。激賞之餘，贈名如是。

庚辰年冬天，柳如是歸於虞山宗伯（錢謙益）。錢修建了一座「我聞」室供她居住。在這間終於可以稱為家的房間裡，悲喜交集的柳如是曾賦詩一首，名曰〈春日我聞室〉：

裁紅暈碧淚漫漫，南國春來已薄寒。
此去柳花如夢裡，向來煙月是愁端。
畫堂消息何人曉，翠帳容顏獨自看。
珍重君家蘭桂室，東風取次一憑闌。

錢柳的結合一時被傳為佳話。但柳如是心中的悲歡是難用言語形容萬一的。二人年歲相差甚多，且又有陳子龍的生死戀情在先，故柳對錢，當是景仰多於愛戀，愛才敬才多於風花雪月。但柳如是畢竟不是尋常女子，錢謙益是文壇魁首，極富聲望的高士，又竭誠相愛，從不小看她，而是視為知音，三年之後，更以正式之儀大禮迎娶。這些都足可使風塵生色。人生能得知己若此，夫復何求！

錢謙益是個不拘名節的文士，但柳如是心目中的血性男兒形象卻是抗清烈士陳子龍，因此她對錢謙益的降清仕清未能身殉故國而始終抱憾。後來錢謙益轉而支持反清復明的活動，柳如是往往都參與了機密事宜的籌劃。柳不但在經濟上大力資助，竟至卸去簪環供給軍費，而且還曾親自參與戰鬥。文武雙全，凜凜有男兒之氣。

錢謙益著述時，柳如是成為他一日不可或缺的得力助手；錢厭於應酬時，柳代他會客，霓裳翩翩，辭采縱橫，令人神往；錢羈於患難，柳不辭勞苦，為之奔波；錢撒手人世，他未能殉明，柳如是卻毅然自盡殉夫。

一縷香魂，緲緲依依散去，無跡無蹤。她一生的悲情，也從此成為傳奇。

女詞人陳圓圓與吳三桂

文章千古，有才子，便要有佳人。才子佳人的形象宛如雙蝶，雙宿雙棲在中國文學的詩意的園林中。明清之際，以「秦淮八豔」為代表的佳人群和以「江左三大家」為首的才子們同樣芳名遠播。其中尤以董小宛與冒辟疆、柳如是與錢謙益、顧媚與龔鼎孳等幾雙佳偶為世人稱道。但有一位佳人卻與眾不同，她便是引得「六軍慟哭俱縞素，衝冠一怒為紅顏」的陳圓圓。

陳圓圓（一六二三—一六九五年），名沅，字畹芬，圓圓是其小字，為當時蘇州名妓，擅長歌舞。冒辟疆在他的散文名作《影梅庵憶語》中記載了他初見圓圓時的情景：「其人淡而韻，盈盈冉冉，衣椒繭時，背顧湘裙，真如孤鸞之在煙霧。」陳圓圓唱了一出弋陽腔〈紅梅記〉，此劇本是俗戲，曲調嘔呀嘲哳，但從圓圓口中唱出，卻「如雲出岫，如珠在盤，令人欲仙欲死。」想必陳圓圓的歌喉亦有白樂天筆下琵琶曲之妙了。

陳圓圓的美麗容顏和歌技舞姿常為世人稱道，但卻很少有人知道圓圓亦能提筆作詞，也可能因為圓圓詞流傳太少，各種詞集都少有記載。其實圓圓入籍前已開始寫作。下面一首〈荷葉杯・有所思〉便是她墮入青樓時的作品：

自嘆愁多歡少，癡了。底事倩傳杯，酒一巡時腸九回。推不開！推不開！

一唱三嘆的「推不開！」道盡了陳圓圓的身世淒涼：圓圓自幼家貧，父為貨郎，後破產，父母雙亡，圓圓寄居親屬家，轉而親屬亦亡，圓圓被迫在十五歲左右便流落蘇州為妓。上文所引詞正記錄了她悲痛的情感歷程。

陳圓圓另一首詞作於送冒襄南歸之際，名為〈調笑令・送人南歸〉：

堤柳，堤柳，不繫東行馬首。空餘千里秋霜，凝淚思君斷腸。腸斷，腸斷，又聽催歸聲喚。

圓圓詞短小精悍，但字裡行間卻飽含感情，在寫作方法上擅用疊句，把感情層層推向高潮。她的詞都收在《舞餘詞》集中。

陳圓圓詞名不見經傳，可能是因為她與吳三桂有特殊關係並在明清交替時刻扮演了重要的歷史角色，而掩蓋了她其他方面的才華。陳圓圓的下半生亦如她詞的風格一樣，一波三折，一唱三嘆。

陳圓圓是如何從蘇州到北京的，一直為人爭論不休。兩位最有發言權的「當事人」都語焉不詳：吳梅村〈圓圓曲〉中說：「相見初經田竇家」；冒襄《影梅庵憶語》中記載陳為「竇霍門下客以勢逼去。」「田竇」與「竇霍」均是用典，影射外戚，但二人均未明言劫擄陳圓圓的外戚，究竟是周皇后的父親周奎，還是田貴妃的父親田弘遇。鈕琇〈觚賸・圓圓〉記載是周奎到蘇州營葬時買回的，而《識小錄》卷二〈合經諸不肖始末〉則堅持是田弘遇派人二次強搶，才把圓圓搶到北京。

按康熙時陸次雲《圓圓傳》所載，陳圓圓和吳三桂早已彼此慕名，他們第一次相見是在外戚田弘遇府第。時李自成兵臨城下，北京城內人心惶惶。陳圓圓懷私心獻計於田弘遇，要他設宴向吳三桂求助，宴席上，吳三桂問圓圓：「卿樂甚？」圓圓小語曰：「紅拂尚不樂越公，矧不迨越公者邪？」意即紅拂女尚不喜隋朝越國公楊素的老朽，何況田弘遇尚且不如越公。吳三桂大喜，當即向田弘遇索要圓圓，「擇細馬馱之去」。

得到圓圓後不久，吳三桂出兵山海關，將圓圓寄託給其父吳襄，旋即李自成攻占北京，從吳襄處強索圓圓（亦有說圓圓為闖王部下劉宗敏所擄）。三桂派人進京打探情況，詢之曰：「吾家無恙邪？」曰：「為闖籍矣。」曰：「吾至當自還也。」又一偵者至，曰：「吾父無恙邪？」曰：「為闖拘繫矣。」曰：「吾至當即釋也。」又一偵者至，曰：「陳夫人無恙耶？」曰：「為闖得之矣。」三桂拔劍砍案曰：「果有是，吾從若耶？」這就是有名的「衝冠一怒為紅顏」了。

吳三桂拍案而起，一怒之下，引清兵入關，將李自成逐出北京，復得圓圓。「若非壯士全師勝，爭得蛾眉匹馬還」便是吳偉業〈圓圓曲〉中對此情節所發出的感嘆。既得，三桂與圓圓相與抱持，喜泣交集。後來吳三桂在郿鄔建蘇臺，圓圓常於蘇臺與三桂歌大風之章，三桂酒興處亦拔劍起舞，圓圓把酒為之助興，讚揚他英雄豪氣，神武不可一世。因圓圓能投三桂所好，故吳益愛之，專房專寵數十年如一日。

教曲妓師憐尚在，浣紗女伴憶同行。
舊巢共是銜泥燕，飛上枝頭變鳳皇。
長向尊前悲老大，有人夫婿擅侯王。

此幾句詩是吳梅村言陳圓圓自歸吳三桂後，身價倍增，當刮目相看。但在追隨吳三桂的幾十年中，陳圓圓是否心甘情願、志得意滿卻似乎從沒有人探究過。圓圓本是江南佳麗，受地域環境、文化氛圍等因素的影響，她所追求的終身依託本應是冒辟疆那樣的江南才子。但瞎眼的命運女神卻偏偏安排她飄泊北方。同有氣無力的崇禎帝，老朽不堪的田弘遇及粗俗野蠻的李自成相比較，吳三桂的年貌相當、少年英氣當然是圓圓的首選。但吳三桂的專房專寵未必就能使圓圓滿意，「一斛珠連萬斛愁，關山飄泊腰支細。」吳三桂本是奢淫之人，《清朝野史大觀》記載，其寵姬除圓圓外，尚有連兒，「麗質清才，猶非圓圓所可及也。」又「三桂在滇中奢侈無度，後宮之選，不下千人。」鬢影釵光，隱映陳圓圓紅顏漸老，該是怎樣一種淒涼，無怪乎吳偉業要為她作「一斛珠」之嘆了。

陳圓圓人老珠黃，且查知吳三桂有異心，遂與三桂分居，因此有了陳圓圓晚年出家入道之說。清徐珂《清稗類鈔》中言圓圓「知三桂必敗，出家峨眉山，其妝閣在雲南五華山華國寺後，曾留影一幀而去」。又有記載說陳圓圓在宏覺寺削髮，後逃至城西三聖庵為尼，法名寂靜，壽至八十（《吳逆始末記》附錄），不知可信與否。

陳圓圓身為江南佳麗，一代王妃（吳三桂曾受封平西王），卻孤苦無依，一世飄零。其香魂何處，已不可考。但陳圓圓的名與詞，卻仍滯留人間，千秋功過，有待世人評說。

清初詩壇至尊吳梅村

在清初的詩壇，吳偉業（號梅村）始終享有頂級的聲譽。他一生詩作頗豐，傳諸後世的為數不少。吳偉業（一六〇九－一六七二年）是江蘇太倉人，與常熟的錢謙益因為相互仰慕詩名而交為摯友。錢謙益比吳偉業年長近三十歲，但在他的〈與吳梅村尺牘〉中，卻仍毫不掩飾地對吳的詩作大加溢美，捧讀吳詩時竟「如度大海，久而得其津涉。清詞麗句，富有日新，有事採啜者或能望洋而嘆。」這種發自於一個詩歌大家的激動感受，表明了兩位詩人在現實政治層面的紛紜喧嚷之上，正有著審美情趣的玄妙認同。能夠覓得知音，畢竟讓人會心。

他稟性內斂多思，瞬息萬變的時代風雲和自己多劫的命運又更加劇了他痛楚的深切和詩情的充沛，再加上天賦的敏捷才思和深厚的學識修養，使他的詩詞多有厚積薄發之勢。錢謙益作詩尊宋，吳偉業則直追唐風，從藝術技巧方面看他比較像李商隱：用詞綺麗，音律嚴整和諧，意蘊清雅；他對於詩的本體意義的理解又很受杜甫、白居易的影響，因為他的詩大多數都是直接觀照現實的，所以就有一些人稱揚他為「詩史」。《四庫提要》中說他中年後的詩「激楚蒼涼，風骨彌為遒上」。接續的也是杜甫的詩風。詩詞各體吳偉業作起來都是得心應手不在話下，成就最高的又數七言古詩，袁枚曾經誇讚說：「梅村七言古，用元白敘事之體，擬王駱用事之法，調既流轉，語復奇麗，千古高唱矣。」他一生寫了許多的歌行體七言古詩，自成一家，不僅創制體式，獨步當時，甚至成了身後詩人作歌行體所必須沿襲的難以超越的法度。這就是用偉業的號定名的「梅村體」。

可是說到吳偉業詩歌之外的一生坎坷，卻是是非非，可悲可嘆。少年吳偉業博聞強記，學識日豐，且已經詩名遠揚。崇禎四年（一六三一年），偉業二十二歲，就中了會元榜眼。這時的他，意氣風發，坦途無量，正該到宦海中搏擊飛揚，成就一番功名。照《四庫提要》的說法，他的詩歌也是「才華豔髮，吐納風流，有藻思綺合、清麗芊眠之致。」吳偉業師從張溥，而張溥正是晚明文社「復社」的主創者之一。復社雖是文學社團，卻自稱「吾以嗣東林也」，積極參與朝廷中的黨派之爭，聲勢很大。年輕的吳偉業料想是動過倚仗復社而騰達的心機吧。

中進士不久，張溥便命吳偉業上疏彈劾當任的首輔溫體仁。溫體仁善弄權術，排斥異己，靠逢迎皇帝的意旨而得寵。彈劾當朝的首輔，這事可是非同小可的，吳偉業考慮再三，最終還是沒有這個膽量，而只是彈劾了溫體仁的一個黨羽。即便這樣，他還是因此丟了翰林院編修這一職位。數年以後，重新入都為官的吳偉業仍舊有些銳氣，那時溫體仁已經罷官，但執掌國家大權的權臣張至發繼承的卻又是溫的衣缽。吳偉業上疏，直斥溫體仁為「小人」，警告當權者切不可「盡襲前人所為」。這個奏章交遞出去，卻似石沉大海，根本沒有報到御前。

在文學天地獨領風騷的吳偉業，入仕途時卻每每受挫，讓人感覺他的單純受到了複雜的政治的愚弄。這可能是吳偉業平生第一次處於尷尬的兩難：想要施展抱負卻又終於被明哲保身的憂慮所累。他從此不再稍露鋒芒。

令吳偉業最難堪的左右為難是在入清後，而這種為難的心態卻造就出一個與少年時完全不同的吳偉業，更造就出他的憂戚相隨的詩。

明亡之後，吳偉業斷絕了和官府的往來，在民間組織並主持文社卻非常投入，而且活動頻繁，名聲在外，引起了清廷的注意。他撰著了一部非常具有轟動效應的傳奇劇《秣陵春》，劇本文采斐然，可以和湯顯祖的《牡丹亭》比美。《秣陵春》講述的本是椿有著奇幻色彩的愛情故事：

南唐剛剛覆滅，亡國之君李後主魂歸天庭。為實現生前所應允的替將軍黃濟之女黃展娘擇婚的諾言，施神力巧安排南唐大臣徐鉉之子徐適與展娘在玉杯和寶鏡中互見對方的身影，二人從此經歷動盪之世的種種悲歡離合，終被邀至天上完婚，有情人終成眷屬。

這一段天緣巧配的愛情故事，經過吳偉業天賦詩情的淋漓渲染和開闔自如的結構安排，就更加的曲折婉轉，情淒意長。其實在這段情事之下，吳偉業更深切的寄託，是自己當時身處易代之際的難堪情懷。很明顯，劇中藉南唐末世暗寫明清易代；男女主人公的愛情故事也成了一種象徵：在清的統治下，幸福的實現若不是在杯影鏡中，就只能在天上了。

一個國家的改朝換代就好像一個舊房間的重新佈置，許多器物要廢棄掉，家具也得重新安排。吳偉業的家庭也正像一宗舊家具，由富足安樂一轉而成為危禍臨頭了。世態滄桑的目睹身受，使得吳偉業要借助《秣陵春》抒寫他心中已難承受的巨大震盪，他深願觀劇者也不要再辜負了吳偉業的一片苦心。

吳偉業到底是一個有些過於敏感和怯懦的人，清兵南下之後，有不少磊落剛烈的士子，為保全名節而追隨先帝，紛紛自盡；更有一些憤然而起，積極從事反清活動。可此時住在南京的吳偉業卻顯得不知所措，對自己的際遇前途、自己的家室安排，總是拋不開這重重的顧慮。在《秣陵春》中，他表露的對清廷的不滿也都是從世事動盪的一方面來感嘆滄桑變化，並沒有從政治的角度發洩什麼憤懣。應該做的，能夠做的，這中間的分際差別，吳偉業總是想不清楚。這真有一點自嚐苦酒的意味了。可這巨大的矛盾卻也成就了他的藝術生命。

吳偉業的親家、還有他的一位舊友陳名夏都在順治朝中為官。他們想靠吳偉業的文采來助自己仕途升遷的一臂之力，就極力主使江南總督馬國柱向朝廷保薦吳偉業。吳偉業開始以身體多病為理由推脫，這樣相持了足有一年之久。結果他終於在順治十一年（一六五四年），告別親友，上任去了。臨行前，他哭著對人說：「余非負國，徒以有老母，不得不博升斗供菽水也！」這話聽起來多少有一點像托詞。吳偉業平生鑽營謀求的東西甚少，可他害怕擔心的事卻實在太多。他曾寫詩給馬國柱，其中一句是「慚愧薦賢蕭相國，召平只合守瓜丘」。引用舊典藉指自己不願事清，多少有點寥落的意味，透露出參透名利的疲憊心情。他最終進京做官，大概是因為他害怕如此屢詔屢推，會激怒那本來就極為關注文士作為的清朝皇帝吧。

進京後的吳偉業，先後做了弘光院侍講和國子監祭酒，職位都不高，在任的時間也不長。種種紛亂的黨派之爭，其結果是朝廷終於對漢臣開了刀。陳名夏被斬，親家翁被遣遼陽，本來就戰戰兢兢的吳偉業內心更加恐懼。順治十四年，他找個藉口回鄉靜居十四年，心中感慨難平。他藉詩詞傳達情志，佳作不絕。另外他還著有《春秋地理志》、《春秋氏族考》等著述五種，並有詩話等傳世。

雖然閒居在家，吳偉業還是難以躲過清初嚴密文網的糾纏，有幾次甚至險些威脅到身家性命，雖都化險為夷，但卻更讓他終日惴惴不安。除此之外，一身事兩姓的負疚感對吳偉業的一生來說也是無法消散的塊壘。在他後期的詩詞和書信中，他的這種自責之情隨處可見。這種對丟失名節的汙痕的耿耿於懷同時又好像是一種追求自我解脫和祈求他人諒解的方式。

吳偉業和卞玉京的愛情故事

晚明時候的文士圈中出現了一種煞是惹人注目的風習：閒聚青樓，狎妓清談，宴樂遊賞，作畫吟詩。那時妓女們許多都是通音律、能詩文的。特別是蘇州、南京一帶，不少名妓可說是江南才女。除了大名鼎鼎的陳圓圓之外，若再找一個能和她齊名的，就數卞玉京了。卞玉京又名卞賽，「酒壚尋卞賽，花底出圓圓」，此語的廣為流播足以說明那時候卞玉京的傾慕者之眾。

卞玉京容貌姣好，氣質嫻雅，《板橋雜記》裡說她「見客初不甚酬對，若遇佳賓，則諧謔間作，談辭如雲，一座傾倒。」可以想見她的個性風采，絕不是那些賣弄風情、淺薄庸俗的普通煙花女子所能比的。

明崇禎十二年（一六四二年），吳偉業在南京做國子監司業時，就已經和卞玉京相識相交了。兩人唱和的作品並沒有流傳下來，但吳偉業曾有〈西江月．春思〉一詞，記述了他某次從玉京那裡尋香歸來的情狀：

……匆匆歸去五更天，小膽怯，誰瞧見？……雲蹤雨跡故依然，掉下一床花片。

這時吳偉業對待卞玉京，更多的還只是欣賞她的姿色而已。可他卻沒有料到，一貫矜持清高的卞玉京因為傾慕他的詩才人品，相識不久就已真心真意地鍾情於他了。如果吳偉業性情風流放曠，如果他看待世情達觀不拘，卞玉京的後半生可能真會有一個美滿的歸宿。結束風塵生涯，把自己的全部身心都依託於吳偉業，這正是卞玉京的夢想，而且她還一心要把這夢想變爲現實。她當面表示願意和吳偉業成婚，這種很有些決絕的做法，應該是出於對偉業深深的信任與期許。可適得其反，這一次吳偉業又陷入進退兩難的惶惑之中。他半癡半呆，應付搪塞，慌慌張張地逃了出來。

吳偉業其實納置的姬妾不少，為什麼偏偏不敢娶卞玉京呢？一個客觀原因是明朝不許官吏納所治地域的民婦為妾；但更主要的是吳偉業有著內心法則的羈絆，縱使卞玉京再才華過人也不能改變其風塵出身。他雖喜愛卞玉京的容貌才情，可只和她相伴一晚就心懷「膽怯」、歸路「匆匆」，又怎麼能做到把卞玉京堂堂正正娶回家呢？卞玉京當然可憐，不過吳偉業也著實可憐呢。

聰明又自尊的卞玉京被吳偉業傷透了心，她承受的不僅僅是愛情幻滅的打擊，自己作為人的價值也受到了輕視。幾年後錢謙益又曾有意做媒，熱心撮合吳偉業和卞玉京，並在拂水山莊設宴邀請這兩個人。卞玉京來是來了，可一開始說要上樓化妝，過一會兒又藉口忽然身體不適，躲在樓上連面也不露了。吳偉業有詩記述此日情景：「緣知薄幸逢應恨，恰便多情喚卻羞」，倒有點自知之明。

一六四五年清兵攻陷南京，南明小朝廷覆滅。易世之際，巨大的社會動盪往往不期而至。許多藝妓在戰亂中被清兵擄走，其餘的則四方流離，還有一些遁入空門。卞玉京孑然一身遷到蘇州居住。一個歷經滄桑的柔弱女子，內心又承受著不堪的重負，身心的疲憊可想而知。隱居的日子時時要為生計操勞，昨日的情困、往事的繁華，對卞玉京來說又是何其渺茫，恍如隔世。

吳偉業再次聽到玉京的下落，已經是數年之後了。藏在胸中的內疚感終於漸漸蔓延，清晰起來。然而炎涼過眼，卞玉京早已成熟起來，重溫舊夢也已經不再可能了。吳偉業因此心緒難平，他一氣作了〈琴河感舊〉四首，吐露自己的心聲，情感分外真切動人。其中寫得最好的還要數第三首：

休將消息恨層城，猶有羅敷未嫁情。
車遲捲簾勞悵望，夢來攜袖費逢迎。
青山憔悴卿憐我，紅粉飄零我憶卿。
記得橫塘秋夜好，玉釵恩重是前生。

這一段亂世裡纏綿幽怨的愛情故事到這裡似乎該結束了。吳偉業的那首著名七言歌行〈聽女道士卞玉京彈琴歌〉則是這段故事的尾聲。卞玉京拒絕吳偉業後不久就入了道門，自稱玉京道人。這以後的一六五一年，她又專門回到蘇州，特別為吳偉業和其他幾個舊友彈唱一曲，頗有世緣已了、就此告別的意味。令人困惑的是，在〈聽女道士卞玉京彈琴歌〉中，吳偉業幾乎是用了一種與己無關的陌生態度在記錄這次彈奏的實況，甚至還用了近乎虛擬的手法：「駕鵝逢天風，北向驚飛鳴。飛鳴入夜色，側聽彈琴聲。借問彈者誰？云是當年卞玉京。玉京與我南中遇，家近大功坊底路。」明明是專見昔年舊識，卻偏寫成偶遇。但詩中玉京彈奏之曲卻又是一個真實的故事：中山公子有女被南明末帝弘光選為昭容，但沒得入宮，清兵就已打到南京，南明滅亡，此女也被清兵劫掠而去。吳偉業寫得沉鬱淒涼，中山女的哭訴令人動容：

但教一日見天子，玉兒甘為東昏死。
羊車望幸阿誰知？青塚淒涼竟如此！
我向花間撫素琴，一彈一嘆為傷心。
暗將別鵠離鸞引，寫入悲風怨雨吟。

曲中的卞玉京也將自己避亂修道之事娓娓道來，曲終奏起變徵之調，更是悽慘：

十年同伴兩三人，沙董朱顏盡黃土。
貴戚深閨陌上塵，我輩飄零何足數。

此詩中的吳偉業雖仍對個人情感諱莫如深，卻把心中種種辛酸融入曲中，藉中山女、卞玉京的遭際抒自己的悲憤情懷。怎樣理解吳偉業此時的心情呢？不再言說，是因為心中苦衷無法言說。是非變故，不堪回首，又何須言說？明清之際，道德秩序的變遷帶來價值標準的瓦解。儒士風範和玩世潮流間的衝撞到處可見。文人仕清的很多，誰像吳偉業那樣一生追悔？納名妓為妾幾成風氣，偉業卻也終究不能。權衡、掙扎、遺憾，又有幾人能明白他內心的苦痛呢？

卞玉京修道持律極嚴，並曾作一絕句〈題自畫小幅〉：

沙鷗同住水雲鄉，不記荷花幾度香。
頗怪麻姑太多事，猶知人世有滄桑。

人誇「有飄飄欲仙之致」。十多年後去世，葬在無錫惠山祗陀庵的錦樹林，吳偉業還曾專程前去憑弔。幾年後，偉業也病重而逝，臨死囑咐後人：

吾死後，斂以僧裝，葬吾於鄧尉靈巖相近。墓前立一圓石，題為：詩人吳梅村之墓。……吾詩雖不足以傳達，而是中寄託良苦，後世讀者讀吾詩而知吾心，則吾不死矣。

風華絕代的才子冒襄

冒襄（一六一一—一六九三年），字辟疆，自號巢民，江蘇如皋人。明末清初著名的文學家，與陳貞慧、方以智、侯方域並稱為「復社四公子」，其才名遠播天下。

明崇禎年間，連年水旱災荒，餓殍遍野，「四海此際嗟困窮」，天下生靈塗炭，政治日益腐敗。一批文人不滿現狀，向大官僚、大地主、大軍閥集團的代表閹黨餘孽發起進攻。崇禎二年（一六二九年），由張溥等人首倡，成立「復社」，進行各種活動。

冒襄是復社的首批社員之一，在復社的活動中起著重要的作用。他曾多次帶領東林領袖的遺孤，出示血衣血書，控訴魏忠賢的乾兒子阮大鋮的罪行，並在崇禎十五年（一六四二年）春的虎丘大會上，由冒襄「共主葵邱」，成為後期領袖之一。基於共同的志趣，冒襄與同為「復社四公子」的其他三人：桐城方以智、宜興陳貞慧、歸德侯方域相交甚厚。四人皆「矜名節，持正論」，在一起「裁量公卿」。其中尤以冒襄最負盛氣，才高九斗，侃侃而談。冒襄曾置酒桃葉渡，結集東林六君子的遺孤，開懷痛飲，輒狂以悲，嬉嘻笑怒罵閹黨，悲憤淋漓。不久閹黨馬士英、阮大鋮等陰謀奪取朝政，大興黨獄，進行瘋狂報復。陳貞慧幾乎被折磨死，而冒襄則在友人幫助下，才得以逃出南京，終免於難。

幾經起落，復社聲勢漸衰，終分崩離析。但冒襄明顯地「賊心不死」，在清政府的高壓統治下，先是標榜「籬畔菊花堅晚節，先期不放一枝開」，表明心志，堅決不仕清朝。反而在其家水繪園中，招致四方名士，飲酒放歌，議論時政。《清代七百名人傳》曾對此時的冒襄作如下的記載，說冒襄「嘗恣遊大江南北，窮覓山水，每於歌樓酒壁，縱談前代名卿，黨逆門戶，排擊是非邪正之事。以及南都才人學士，名倡狎客，文酒遊宴之歡，風流文采，映照一時。」

正因為冒襄的豪俠仗義、文采風流的人格魅力，一度吸引了四方名士前來投拜。一時期，他的水繪園甚至成了一些人的避難所。陳貞慧的兒子陳維崧，遵其父遺命，投奔冒襄，受冒襄飲食教誨十年之久，終成其名。此外，冒襄還接待過孔尚任、張潮、《封神演義》作者陸西星的孫子陸庭掄，吳敬梓的曾祖吳國對等一大批文人，真可謂「談笑有鴻儒，往來無白丁」了。

物以類聚，人以群分。冒襄本人更是少有才名。冒襄出生在官宦世家，家教甚嚴。很小便在祖父的監督下苦讀經史子集，又因四處遊歷，見多識廣，故很早便開始寫詩。並拜於南京禮部尚書董其昌門下，學習詩文書法，日益長進，十四歲時，其詩〈香儷園偶存〉由董其昌親筆作序，並加以刊行。只因科場黑暗，冒襄中副榜後便接連落第，不得以而發「名場十載未逢時，愁魔病鬼交相簇」的慨嘆。

冒襄一生詩作眾多，僅詩集便有十一種。其中代表作是杜濬選的《朴巢詩選》兩卷，為明末作品；自選《巢民詩集》（又名《水繪庵詩集》）六卷，收清後詩作。其詩是冒襄社會生活和內心情感的真實寫照，不同時期的不同風格貫穿起來，構成了他顛沛流離的一生。除了作詩，冒襄還是個藏書家和編書家。歷代的積累，冒襄藏有卷帙浩繁的詩文、書信等，在此基礎上，編輯《四唐詩》，並把同時代四百五十六人的詩文編著為《六十年師友詩文同人集》，共十二卷。四百多人中有愛國將領，抗清志士，文人學者，名公巨卿，隱逸之士，如董其昌、黃道周、錢謙益等人的作品無不畢現。該書所收時間長，人物多，範圍廣，有鮮明的政治傾向，是研究明清文史的寶貴資料，具有不可估量的價值。

在冒襄所有的作品中，最值得一提的是他的《影梅庵憶語》。該書記載了他與秦淮名妓董小宛從相識到相愛，到共同生活九年的種種生活情景，字裡行間充滿了對董小宛的尊敬、讚美與恩愛。冒襄的散文筆法老到，能巨能細。恢弘處能呼喚時代風雲，細膩處能歷數花、月、茶、食等諸般好處；既有花前月下的閨中情致、又有心驚膽寒的奔波流亡……引導讀者隨之而歌、而笑、而驚、而泣。冒襄真情流露，信筆拈來，便成詩一般的意境，且看下文：

（董姬）秋來猶耽晚菊，即去秋病中，客貽我『剪桃紅』，花繁而厚，葉碧如染，濃條婀娜，枝枝具雲罨風斜之態。姬扶病三月，猶半梳洗，見之甚愛，遂留榻右，每晚高燒翠蠟，以白團回六曲，圍三面，設小座於花間，位置菊影，極其參橫妙麗，始以身入，人在菊中，菊與人俱在影中。回視屏上，顧余曰：『菊之意態盡矣，其如人瘦何』？至今思之，淡秀如畫。

這段文字活脫脫地營造出司空圖《二十四詩品》中所描述的「落花無言，人淡如菊」的藝術境界，這樣富於詩情畫意的生活，怕是「只應天上有」吧，難怪冒襄要感嘆他一生的清福「九年享盡，九年折盡」了。

冒襄出身官宦，家學淵源，少年才俊，風流宛轉。有書記載冒襄身材高大，「體勢媚人，人爭寶之。」這樣的青年書生當然非常引人注目。《影梅庵憶語》便從側面證實了這一點：冒襄與董小宛並非一見鍾情定終身，而是在三年之後，當小宛病痛潦倒之際，相中冒襄的人品和才華，輾轉投奔，託以終身，雖在冒家的九年裡，小宛歷盡辛苦，維持上下，後又經離亂，飽經滄桑，但毫無怨言。想必這就是為冒襄的高才和人格魅力所傾倒，九年中為數不多的花前月下，夫妻心心相通，已足以慰其寂寥了。《憶語》中還記載了一件鮮為人知的故事，那就是冒襄與當時頗負盛名的藝妓陳圓圓亦曾定過花約，只因無緣方錯過。陳圓圓也是主動出擊，並曾拜謁冒襄之母太夫人，其情可熾。後圓圓被「竇霍」門下擄去，冒襄也深為惋惜，曾「悵惘無極」的。

冒襄一生豪俠磊落，晚年家道中落，貧苦不堪。為維持生計，迫不得已賣掉祖宅，移居陋室，並以賣字及以家樂班子供人劇飲為生，日趨潦倒。終在康熙三十二年冬夜，這位風華絕代的詩人，懷著耿耿丹心和凜然正氣，懷著半世情懷一生滄桑，溘然而逝在家祠旁的茅廬中。

董小宛：紅顏薄命憶腸斷

自古紅顏多薄命。董小宛（一六二三—一六五一年），名白，字小宛，復字青蓮，秦淮八豔之一，後歸復社才子冒襄為妾。九年之後，二十八歲之時，董小宛芳年早逝。

小宛高才，其才不在於為妓時的「五陵年少爭纏頭」，而在於她嫁到冒家之後，在食、茶、香、書等生活細處展露出的非凡技藝和鑑賞力，以及勤儉持家、敬老攜幼時滲透出的人格魅力。小宛的種種才華在冒襄為其所作的《影梅庵憶語》中有詳盡的記載。

小宛性聰穎，蘭心慧質，學習精進如斯。自進入冒家之後，小宛洗卻鉛華，精心學習女紅。數月之後，「於女紅無所不妍巧，錦繡工鮮。刺巾裾如蟣無痕，日可六幅。剪綵織字、縷金回文，各厭其技，針神針絕，前無古人已。」其學習速度之快、技巧之高超確實非一般人所能及。冒襄矢志編輯《四唐詩》，又是小宛每天幫他稽查抄寫，細心商訂。最難得的是，小宛「閱詩無所不解，而又出慧解以解之。」冒襄有紅袖添香夜讀書已為人所豔羡，更何況此佳人又是才高八斗的紅顏知己？在收集資料的過程中，又由冒襄協助、小宛主編一部《奩豔》，此書收錄了眾多與女子有關的事物，瑰麗奇特而精緻隱祕。江左三大家之一的龔鼎孳與夫人顧媚嘗讀過此書，並給予高度評價。只可惜書未付印，我們難以親睹董小宛的文采。

小宛生性恬靜淡泊，日常生活中不施鉛華、不飾金銀、不積錢財。就連吃飯，也是不喜肥膩香甜之物，往往以一小壺芥茶，加上水菜、香豉數莖粒，便足一餐了。但董小宛對生活藝術的品位和鑑賞力卻極高。飲茶嗜界片，烹茶時需「文火細煙，小鼎長泉，必手自吹滌」，否則無味。品香時需「寒夜小室，玉幃四垂，毾㲪重疊，燒二尺許絳蠟二三枝，陳設參差，堂幾錯列，大小數宣爐，宿火常熱，」這樣燒出來的香才如梅英半舒，否則無氣。賞花時需「高燒翠蠟，以白團回六曲，圍三面，設小座於花間，」然後以身入，營造一種「人在菊中，菊與人俱在影中」的迷離意境，否則無致。最可玩味的是董小宛妙手調製的各色花露、果膏、腐乳、豆豉、風魚、火肉等，掩卷思之，便有氤氳香氣縈繞鼻端，久久不去，令人難忘。這些食中極品已將董小宛的聰明才智顯露無遺。

九年的朝夕相處，相對纏綿，日久情深，冒襄對董小宛當然痛愛有加，因此對董小宛的描寫可能會有溢美之詞，但這絲毫不會沖淡小宛的風韻。因為同時代很多文人才子都曾為小宛賦詩，讚其為人及氣節。下面援引吳偉業〈題冒辟疆名姬董白小像〉八首中兩首，以為證：

鈿轂春郊鬥畫裙，捲簾都道不如君。
白門移得絲絲柳，黃海歸來步步雲。

青絲濯濯額黃懸，巧樣新妝恰自然。
入手三盤幾梳掠，便攜明鏡出花前。

可見董小宛之魅力四射，為其傾倒者絕不只冒襄一人。小宛初嫁冒襄時曾著雪豔輕衫，與冒同遊金山，江山人物之盛，映照一時，吸引數千遊人指點稱讚，嘆為神仙儔侶，其盛景為時人及後人津津樂道。

讀罷上文，讀者可能會認為，做女人能如董白，實在一大快事。但殊不知上文種種詩意的描寫在董小宛的生命中實為鳳毛麟角。人生二十八載匆匆而逝，小宛所受的苦難遠多於她所享受到的生活樂趣，而且這少許短暫的歡樂更只能助其悲哀。

不是愛風塵，似被前緣誤。董小宛豆蔻年華流落青樓，本是人生一大不幸。十六歲時醉晤冒襄，雖得青睞，卻也懵懂錯過。此後的三年，小宛不斷為豪強勢力所掠，母病死，再見冒襄時正是小宛貧病交加之際。以冒襄的人品、才名、家世，無疑是董小宛的最佳終身依託，於是董小宛像抓住一棵救命稻草一樣要緊隨冒襄不放——此說法未免有些冷酷無情。很多人評論《影梅庵憶語》時也都極言二人一見傾情，但從冒襄自己撰寫的《憶語》本身來看，小宛初見冒襄並未怎樣動心，而應是在嫁給冒襄之後，把對冒的欣賞和依附逐漸昇華為愛戀。

冒襄為「復社四公子」之一，其議論時政，與閹黨論爭時慷慨激昂豪氣沖天，自不待言。但在迎娶董小宛這件事上，冒襄卻表現出少有的猶豫、推脫，反而是董小宛幾度冒死相隨，步步緊追，外加錢謙益的大力協助，方才成就好事。冒襄自然有他的苦衷：國難當頭、事父、奉母、拖妻帶子已有些力不從心，何況小宛當時又是負債累累又被豪強勢力緊逼的青樓女子。冒辟疆的這一猶豫可苦了董小宛，無奈小宛下最後通牒：「姬歸不脫去時衣，此時尚方空在體。謂餘不速往圖之，彼甘凍死。」其苦心如此，人神可鑑。

董小宛歸冒襄之後，盡拋弦管、洗卻鉛華，一心一意做起賢惠的小妾來。冒辟疆一家數口，三世同堂，小宛上下幫扶打點，服勞承旨：「烹茗剝果，必手進；開眉解意，爬背喻癢。」無所不周。雖掌管全家財政，但不積私財，深得全家敬重。冒襄的氣節、才華、風緻及冒家老幼和睦的家庭氣氛也深深吸引並打動了董小宛，小宛深深地眷戀冒襄及其家人。為了她所愛的人，小宛願經歷人間所有苦難。

「漁陽鼙鼓動地來，驚破霓裳羽衣曲。」崇禎十七年（一六四四年）三月十九日之變（李自成攻占北京，崇禎帝弔死煤山），兵匪劫盜橫行鄉里，冒襄不得已攜全家逃難。其間除冒襄照顧全局之外，又屬小宛所經歷的苦痛驚嚇最多。冒襄病倒之後，又是小宛精心侍奉。「此百五十日，姬僅捲一破席，橫陳榻邊，寒則擁抱，熱則按拂，痛則撫摩。」其癡心可讚，其摯情可感。

二十八年如一夢，董小宛香魂隨雲散，給冒襄留下幾多感傷：「余不知姬死而餘死也！」冒襄奮筆疾書《影梅庵憶語》，以此萬言鴻文麗藻，以報九載恩愛之情，小宛若泉下有知，是否瞑目？風蕭聲動，月影婆娑，梅花初綻。影梅庵裡，董小宛腸斷，冒襄腸斷，今世之癡情讀者，亦腸斷耳！

說書藝人柳敬亭

「復社四公子」之一的冒襄曾有詩贈給一位說書藝人，詩云：「遊俠髯麻柳敬亭，詼諧笑罵不曾停；重逢快說隋家事，又費河亭一日聽。」這位書藝高超的柳敬亭先生在整個中國的文學史乃至文化史上都有著相當重要的位置，難怪那麼多的文人名士終生和他保持著深情厚誼了。明清之際的中國，民間社會的崛起使得雅和俗之間的界限日趨模糊，原來被目為小技的演劇、說書一類此刻紛紛獲得士大夫的首肯，劉宗周甚至曾說：它們「動人最懇切、最神速，較之老生講經義、老衲說佛法，功效百倍。」因為曲藝的盛行正是普通市民的趣味所歸，南宋時的說書藝人走街串巷演說《三國》評話，就引得「滿村」老小只知書中故事，不管「身後是非」；晚明的市井風俗更以聽藝人說書為人生中一項重要內容，或悲或喜，陶醉其中。柳敬亭就以此名動一時，從而竟成了市民文化興起的標誌。對一個江湖藝人來說，這不能不是饒有意味的。

柳敬亭（一五八七－一六七〇年）本來叫曹逢春，泰州人，因為避仇，十五歲時就流落江湖，一日走到安徽的敬亭山，一夢醒來便改以頭上的柳蔭為姓，以腳下的敬亭山為名了。三年後逃到江北盱眙小鎮，見那裡有藝人說話，就暗自觀察、揣摩、領會，偷偷模仿、練習，過一段時間竟也能到市面上去作場獻藝了。他的精彩清新的表演一時吸引了很多人。有了謀生的手段，日子就好過多了，柳敬亭又過長江到江南去說書，希望能有更大的發展。這回他果然又如所願，結識了以鑽研說書為余事的雲間老儒莫後光。柳敬亭拜莫後光為師後，說書技藝長進得飛快，他懂得了說書人要忘我、要和書中人物打成一片，更掌握了調動聽眾情緒的種種結構技巧。這以後，柳敬亭又到了揚州、蘇杭，最後在南京落了腳。在這裡，柳敬亭漸漸成了街巷聞名、婦孺咸知的大說書家，有了自己固定的說書場所，每日說書一回，定價一兩，聽者如雲。更有縉紳們請他去家裡說堂會，必須提前十天來預約才能把他請到。因為他皮膚黝黑，滿面疤痕，時人都稱他為柳痲子。名士張岱在那篇著名的〈柳敬亭說書〉中稱他「悠悠忽忽，土木形骸」，生性追求個性的自由體驗，頗似魏晉時風流放誕的劉伶。

關於他說書時的樣子，大概是手持鼓板，說到興奮時還要唱上一段，類似彈詞，孔尚任的《桃花扇》裡面有對柳敬亭說書場面的極其具體的描寫。明遺民閻爾梅在詩中寫柳敬亭「發言近俚入人情，吐音悲壯轉舌輕。脣帶血香目瞪棱，精華射注九光燈。獅吼深崖蛟舞潭，江北一聲徹江南。」說到「漁郎樵叟」便有「伐薪誒乃之泠泠」；說到「忠臣孝子」便有「抑鬱無聊之啾唧」。這就是他的師父莫後光所說的我即古人、古人即我，把自己變成書中的人物。柳敬亭講《水滸》，別有一番發揮，「叱吒叫喊，洶洶崩屋，武松到店沽酒，店內無人，驀地一吼，店中空缸空甓皆甕甕有聲」（張岱〈柳敬亭說書〉），場面甚是壯觀。詩人朱一士有〈聽柳敬亭詞話〉詩，描繪柳敬亭說中有唱的神采風韻：「突兀一聲震雲霄，明珠萬斛錯落搖，似斷忽續勢縹緲，才歌轉泣氣蕭條。」真是說書藝術至上的化境了。

柳敬亭曾做過馬士英、阮大鋮的幕客，但因憎恨他們的奸佞，又因為同情復社的政治主張，不久就離去了。人說柳敬亭是個慷慨悲歌的俠士，心憂天下，不只限於說書，和文人們的交情也都是出於對時世的一份相同的熱血擔當。他不愛財，願意接濟投緣的窮苦文士，詩人杜濬曾寫詩紀事：「中秋無食戶雙扃，叩戶為誰柳敬亭。」後來，他入了左良玉將軍的幕下，喜歡結合時局講些隋唐間的遺事，頗受將軍的賞識，除說書外還時常參謀軍情，時人戲稱為柳將軍。可惜很快就遭逢了明清易代的苦痛，如吳偉業在〈楚兩生行〉裡面所說：「憶昔將軍正全盛，江樓高會誇名勝；生來索酒便長歌，中天明月軍聲靜。將軍聽罷據胡床，撫髀百戰今衰病；一朝身死豎降幡，貔貅散盡無橫陣。」清兵南下後，弘光皇帝又幽囚崇禎的朱三太子，左良玉起兵勤王，半路心憂而死，其子左夢庚投降了清朝。柳敬亭重又流落街頭，依靠賣藝為生。一段時間後又入了投降清朝的松江總督馬進寶的幕下，但因為知道此人驕橫，必會有被治罪的一日，心中十分擔憂，便決心不再參與軍政事務，這就是所謂「將軍已沒時世換，絕調空隨流水聲。……途窮重走伏波軍，短衣縛褲非吾好；抵掌聊分幕府金，褰裳自把江村釣」（吳偉業〈楚兩生行〉），入清後的柳敬亭半分金、半閒釣，已經沒有談論國事的心思了。他還曾隨著清漕運總督蔡士英北上，晚年從北京回到南方時已是「老病蕭條」，不再說書了。他死後還是好友錢謙益等人為他料理的後事，據說葬在蘇州一帶。

柳敬亭的交遊極廣，黃宗羲、錢謙益、吳偉業都為他寫過傳，曾經贈詩給他的就更多了。這些記述柳敬亭事跡的詩文因為都凝聚著作者與他的深厚感情，也因為都蘊藏著對易代遺老的身世變遷的悲涼慨嘆，幾乎篇篇可稱得上是清代文學史卷中的傳世精品。在柳敬亭的晚年，以身事三朝聞名的龔鼎孳曾作〈賀新郎．贈柳叟敬亭〉給他，稱他是「鶴髮開元叟」，將他比做荊軻、高漸離一流人物，想起那「卿與我，周旋良久」的舊朝往事，那南明「折戟沉沙」的結局，也不禁「淚珠盈鬥」，表露出降臣的無奈與傷感。吳偉業再次遇到他時也曾作〈沁園春・贈柳敬亭〉：

> 客也何為，十八之年，天涯放遊？正高談拄頰，淳于曼倩；新知抵掌，劇孟曹丘。楚漢縱橫，陳隋遊戲，舌在荒唐一笑收。誰真假？笑儒生狂士，定本《春秋》！眼中幾許狂侯，記珠殿三千宴畫樓。嘆伏波歌舞，淒涼東市；征南士馬，慟哭西州。只有敬亭，依然此柳，雨打風吹絮滿頭。關心處，且追陪少壯，莫話閒愁。

興亡之感的後面，從「珠殿三千」一變而為「雨打風吹」的後面，從「幾許狂侯」一變而為「莫話閒愁」的後面，有著不變的東西。「依然此柳」，說書藝人的老死，並不代表說書藝術的衰亡。清代政權的邊地風格、東夷民族的歌舞傳統，再一次刺激著曲藝的振興，柳敬亭成為說書業的祖師，種種民俗藝術三百年中風氣大開。

江左名家龔鼎孳的趣聞

順治三年（一六四六年）的某一天，江南名妓顧媚家中，簾幔委地，紅燭高燒；觥籌交錯，笑語歡聲。太常寺少卿龔鼎孳與愛妾顧媚正推杯換盞，飲酒唱歌。這時，一名家奴滿面風塵急奔進來報：令尊大人去世。龔鼎孳一愣，隨即揮揮手：知道了，接著唱吧。歌聲又起。

龔鼎孳（一六一五—一六七三年），就是這樣一個什麼都「看得開」的人，在與錢謙益、吳偉業並稱的「江左三大家」中，數龔鼎孳挨的罵最多，但他依然故我，活得瀟灑自如。身為明代遺民，在別人都在猶豫是否自殺殉國的時候，他卻怡然地做了大順朝的直指揮使，旋即又穿上長袍馬褂，做起順治的官來。就連父親去世的消息也不能影響他飲酒唱歌，可見龔鼎孳的「達觀」。

龔鼎孳的愛妾顧媚也同他一樣的「不在乎」。顧媚，字眉生，號橫波，出身秦淮，後嫁龔鼎孳為側室，為人豪爽，放誕風流。相傳有一個故事：明末理學家黃道周，平生講究節義，自詡「目中有妓，心中無妓」。一次友人們要試他的真偽，趁他酒醉之機，請顧媚「白身」與他同榻（「白身」即全裸）。夜半黃道周酒醒，毫不驚慌，只翻個身，依然酣睡。黃道周有柳下惠坐懷不亂之風固然可敬，但顧媚「以身試法」也絕非一般人所能為。

又，《板橋雜記》中記載：顧媚嫁龔鼎孳後，無子，用異香木雕了個男嬰，四肢能動，顧媚用綾羅綢緞包裹之，並常解衣為其哺乳，並命人稱之為「小相公」。這些事龔鼎孳一概不管，可見這夫妻倆是「怪」到一塊去了。

龔鼎孳能言善辯，總能找到理由為自己開脫。明亡後，許多人責怪他不自殺殉國，龔答：不是他不想死，但「其如賤內苦挽不許何」！清大學士馮銓指責鼎孳做過「流賊」李自成的官，是歸順逆賊，龔鼎孳辯解說：豈止鼎孳一人，何人不曾歸順？魏徵亦曾歸順太宗。把自己比為魏徵，把李自成喻為太宗，氣得人哭笑不得。順治十三年（一六五六年），大學士成克鞏參劾龔鼎孳黨護左通政使吳達隱其弟吳逵通賊事，鼎孳以不知逵為達弟為藉口申辯，這個理由不太可信，故鼎孳雖未罷官，卻也被罰俸一年。

龔鼎孳一生為官，官至禮部尚書，平生政績當然很多。清初兵餉繁多，苛稅很重，鼎孳曾屢次上書為江南人民請命；在奏銷案中，他又為一些被革除功名的人請求寬免；官刑部尚書時，又為受清廷迫害的明代遺民傅山、陶汝鼐等人婉轉開脫。史載順治十一年（一六五四年）十一月，身為都察院左都御史的龔鼎孳，「疏請招納流民，先擇寺院聚處編列保甲，互為稽查，仍仿京城賑粥例有司親為經理。」並規定凡去往他省的流民，由所在省份負責招集，並給予一定的資本和土地，以免他們流離失所。這項規定在當時的戰亂年代幫了老百姓很大忙，是為體察民情。龔鼎孳命途多舛，仕途坎坷。入清後數次升降遷謫，鼎孳坦然受之，實在是不容易。鼎孳升官快：順治元年（一六四四年）五月，多爾袞定京師，鼎孳迎降，授吏科右給事中。十年之後，便提升至刑部右侍郎，第二年轉戶部左侍郎，不久又遷都察院左都御史，最後官至禮部侍郎。鼎孳升官快，降級也快，且多因幫別人的忙而被人參劾。上文所說因庇護吳達的弟弟吳逵而被皇上罰掉了一年的俸祿，這還算輕的。順治十一年（一六五四年）五月，鼎孳官都察院左都御史時因庇護漢官，替漢人說好話，被連降八級，不久又降三級，不啻於捅了皇上的「馬蜂窩」了。

鼎孳屢次被罷職，旋又升遷，不只是因他政績突出，官做得好，也因為他才華橫溢，少人能敵，「江左三大家」絕非浪得虛名。龔鼎孳寫詩很大程度上靠才氣，下筆千言，一揮而就，因此深得清世祖順治賞識，曾嘆讚曰：「龔某真才子也。」同為「江左三大家」的錢謙益、吳梅村對鼎孳評價也甚高。錢謙益曾論龔詩：「至於〈汾水秋風〉之作，〈江南紅豆〉之歌，一語神傷，四座泣下，吾斷以為文人學士緣情綺靡之真詩。」吳梅村也讚其「傾囊橐以恤窮交，出力氣以援知己，其惻怛真摯，見之篇甚者，百世而下讀之，應為感動，況身受者乎？」不僅對鼎孳的詩大加褒揚，同時也肯定了他樂於助人的人品。

龔鼎孳有詩《定山堂集》四十三卷，卷帙浩繁，其中多為應和酬答之作，也有一部分反映現實苦難的作品，如他學杜甫而作的〈歲暮行〉、〈挽船行〉等，深得老杜精髓。其中「荒村哀哀寡婦泣，山田瘦盡無耕農」，及「鵂鶹夜叫秋草死，戰場鬼哭江頭水」等句，深深道出了戰亂年代田園荒蕪、民不聊生的苦難生活。龔某善作七絕，許多詩不落窠臼，或清絕超越，或聲情悲壯。見〈上已將過金陵〉：

倚檻春愁玉樹飄，空江鐵鎖野煙銷。
興懷何限蘭亭感，流水青山送六朝。

詩感慨興亡，說盡一歷經三朝的遺民老臣的無限心事。且用典貼切，輕巧自然，恰天衣無縫。

文人學士大多惺惺相惜，龔鼎孳自己才華橫溢，對其他有才之人往往大加讚賞。史載鼎孳住在北京宣武門左面的香嚴齋，許多文士往來酬酢，每逢年末，龔還贈送他們烤火費。一位叫馬世俊的書生科舉落第，無錢過年關，便拿了文章來求見龔。龔讀了馬的〈而謂賢者為之乎〉篇中的「數亡主於馬齒之前，遇興王於牛口之下，河山方以賄終，功名始以賄始」等句，不禁潸然淚下，讚道：「真是李嶠一類的才子也！」當即送他八百兩紋銀，並到處為其揚名，第二年，馬世俊果然中了狀元。龔鼎孳臨終前，還向梁清標（字棠村）推薦人才。鼎孳不惜破財敗官而保護、獎掖士類，因此為藝林所推重。

康熙十二年（一六七三年）八月，龔鼎孳以疾致仕，九月，溘然長逝，時年五十九歲。謚號端毅。

鼎孳一生背負罵名，卻能兢兢業業地為老百姓和讀書人辦了很多實事、好事，並能使自己的生活充滿了情調，應該說，他是「聰明糊塗人」。鼎孳的真情流露在其詩中可窺見一斑，但須細細讀玩，否則不能品其中三昧。下面再錄一首〈百嘉村見梅花〉，讀者不妨研究一下，纏繞在疏影橫斜間的，是怎樣一縷幽魂？

天涯疏影伴黃昏，玉笛高樓自掩門。
夢醒忽驚身是客，一船寒月到江村。

金聖嘆法場吟妙聯

金聖嘆（一六〇八—一六六一年），原來名叫金采，字若采，因為常常自比為聖人，總有天將降以大任的奇怪預感，索性自己改名為喟，字聖嘆。金聖嘆對於功名的態度很有些曖昧，遠不是當時人傳誦的「視諸生為遊戲」那般灑脫。他後來為了順利參加科考，又改名為金人瑞，結果考了第一，補了庠生，在他的家鄉江蘇吳縣成了名動一時的人物。不過好景不長，這以後的幾次八股文考試就連連失利，終於逼使金聖嘆絕望而返。不過寫八股文並非金聖嘆的拿手好戲，他是以評點聖手和詩文名家的身份躋身漢語文學史冊的。金聖嘆一生坎坷，死得更是冤枉，但他的兩副廣為傳誦的妙聯又都和他的死大有關係，所以不得不先從清初震驚一時的那起「哭廟」案說起。

事情的起因是順治十七年（一六六〇年）的年底，酷吏任維初擔任了吳縣的縣令。他為人凶狠殘忍，因為逼租而濫施刑罰，打死一人；而且監守自盜，偷賣公糧三千石。任維初和金聖嘆的瓜葛實有真假兩樁：真的是他下車伊始就鞭打馬車夫，恰好被從此經過的金聖嘆撞見，金聖嘆見此情景不禁憤怒難平，疾書「此之謂，惡在其」六字，拂袖而去。這六個字實是「此之謂民之父母，惡在其為民父母」一句的縮略語，任維初窘在那裡，氣得說不出話。假的是有人曾假冒金聖嘆的名字，以保守前述的人命和公糧的祕密作為交換條件，向任維初索取賄賂。這兩件事使得任維初對金聖嘆又怕又恨。第二年二月，順治皇帝的死訊傳到吳地，諸生依例「哭臨三日」。最後一天是二月初四，巡撫朱國治等地方官紳都在文廟明倫堂祭奠。素來痛恨任維初的吳縣諸生倪用賓等百餘人見此機會連忙跑到文廟去敲鐘敲鼓，哭泣不止。他們又衝進去請願，跪呈一張要求驅逐新縣令的揭帖。自明季以來，諸生請願就是吳地的風俗，但倪用賓等人哪裡知道巡撫朱國治自己就是個貪官，任維初逼租賣糧正是他索賄的緣故。諸生哭廟這天金聖嘆本來正在好友顧崧交家裡做客，聽到出事的消息後他倆決定前往參加，但因為顧崧交的腳正染疾難行，只好走走停停，所以等他們趕到時，那揭帖已經遞上去了。金聖嘆站在一邊暗自歡喜，以為這次任維初一定下臺了。哪知當日朱國治就以「抗糧鬧事，震驚先帝之靈」為理由，逮捕了為首的倪用賓等十一個人。金聖嘆因為來晚了，又站在外邊，就沒有被抓走。但他又覺得氣不過，回家後連夜寫了著名的〈哭廟文〉，第二天又組織了三千人再去文廟哭泣。結果這一次顧崧交等人又被官府抓去了。金聖嘆見風聲緊得很，只好躲了起來。可是此事具題至京以後，朝野震驚。清廷不僅要嚴辦已經逮捕的人，還要追查那些其餘的組織者和參與者。所以辦案的官員又臨時以在吳地有些名氣的丁子偉、金聖嘆為第三批被捕者，應付上面的追查。金聖嘆終於在躲藏幾十天後入獄，押往金陵。他被腰斬後，家產也全都抄沒，妻子流戍遼東。這悲慘的結局裡面確實是有任維初處心積慮的報復與陷害的。金聖嘆狷狂縱橫的光彩人生就這樣在一個猥瑣卑劣的小吏手裡煞尾了。

曾有一個老和尚給金聖嘆出過一個上聯，他多年苦思卻沒有結果。行刑在七月立秋，到了法場上，金聖嘆記起此事，忽然吟出一個絕妙的下聯。他立時激動不已，喚來旁邊的兒子金雍，託他務必轉告這個老和尚，此聯終已對出來了！這副用生命體貼出來的楹聯是：

半夜二更半

中秋八月中

因為那時萬物衰颯，中秋已經臨近，金聖嘆觸景生慧，一下子找到了可稱天衣無縫的下聯，不僅音律和諧、對仗工穩，而且同樣首尾回環相扣，化解了這個多年懸擱的絕對。對完此聯，金聖嘆又出一上聯，命金雍屬對。可此時的金雍已是泣不成聲，哪有心思對對子，金聖嘆於是笑著說：「雍兒，我來替你對吧。」緊接著就吟出了下聯，構成了一副完美的諧音奇聯：

蓮子心中苦
梨兒腹內酸

聯中「蓮子」、「梨兒」實為「憐子」和「離兒」的諧音。隱藏在詼諧情趣背後的憂戚悲愴尤其令人動情，這副楹聯也因此而為後人傳誦不絕。這兩副楹聯亦奇巧、亦簡單，卻是作者用生命中最後一滴鮮血吟哦出來的，它把楹聯這種遊戲小技提升到了生命本體的高度，因此它在中國楹聯史上的地位怎樣估計也不應算做過分。金聖嘆臨刑前另有一首絕句寫給獨子金雍，詩意在恬淡感傷之間，頗有他獨具的個性風采，與此聯正相表裡，恰可對參體味：

與爾為親妙在疏，如形隨影只於書。
今朝疏到無疏地，無著天親果宴如。

這「為親妙在疏」的達觀和「疏到無疏地」的沉痛往復交織，可稱奇情奇筆，相信只有聖嘆才作得出來。他另有一首絕句留給喜歡他評點的數種「如形隨影」的才子書的讀者，詩云：

東西南北海天疏，千里來尋聖嘆書。
聖嘆只留書種在，累君青眼看何如。

餘音緲緲，長存人間；才子音容，令人神往。

金聖嘆的佳話極多，他臨刑時曾說：「殺頭，至痛也；籍沒，至慘也。而聖嘆以無意得之，不亦異乎！」還對金雍說：「醃菜與黃豆同吃，大有胡桃滋味，此法一傳，我無遺憾！」一個荒誕、複雜、矛盾、混亂的奇異生命，終以那難以抑制的對審美體驗的沉醉和對自由境界的追尋，作了精彩有味的收結。

金聖嘆臨刑時所作的〈絕命詞〉末尾兩句是：「且喜唐詩略分解，莊騷馬杜待何如。」

前句是他對發明了以四句為一個獨立的詩意單位的評詩法門的自矜；後句是對沒能完成的幾部才子書的評點的遺恨。其中被金聖嘆推為天下第一才子書的《莊子》，其實正是他一生種種奇奇怪怪的精魂所在。這影響不僅在於幾部書的評點立場，而且鑄就了他自由無拘的純真天性和他高潔無畏的獨立人格。聖嘆生平雖有許多錯失黯淡之處，卻從未掩蓋他的真性情。

金聖嘆對科舉確實有未能免俗的些許幻想，但他的笑傲科考而兩次被黜也是出了名的。這或許就是人的複雜性吧。一次歲考，題目是「如此則動心否乎」。金聖嘆在試捲的末尾寫道：「空山窮谷之中，黃金萬兩；露白蒹葭而外，有美一人。試問夫子動心否乎？曰：動、動、動、動……」一氣寫了三十九個動字。主考的學使連忙把他找來詰問。金聖嘆答道：「三十九個動字，正隱藏著『四十不動心』的意思，這不就是孔子所謂『四十不惑』嗎？」弄得學使啼笑皆非。第二年的歲考，題目是「孟子將朝王」。結果金聖嘆交了一張白卷，並在試卷的四角各寫了一個「籲」字。學使問他何意，金聖嘆說：「《孟子》七篇到處都在說孟子，『孟子』不必作；『朝王』有梁惠王、梁襄王、齊宣王，都是『朝王』，所以也不必作；這樣就只剩下一個『將』字可作了。你看舞臺演戲，那王將臨朝的時候，都是先有左右立著的四個內侍發出『籲』聲，所以我在四角各書一個『籲』字以表達『將』字的微意。」學使大怒，將他逐出場外，革除了他的博士弟子員的資格。金聖嘆大呼：「今日終於還了我的自由身！」自由意味著脫離常軌，更意味著獨自承擔寂寞之苦。金聖嘆漸漸又猶豫起來。這才引出金聖嘆次年改名金人瑞重新參加科考的故事。舉業的浮沉刺激著他敏感而又多思的靈魂，既摧殘著也喚醒著他的童真性靈。金聖嘆自己也說，面對自己的種種變化，「無端感觸，忽地驚心」，不禁痛惜不已。經過一番掙扎，他終於又「絕意仕進」，回歸了自己那獨鍾真美的性情天地。

金聖嘆平日不修邊幅，且喜歡飲酒，據說能接連三四天不醉；他愛吃狗肉，還自製了幾樣美味：醉蟹、紅玉餅、生萵苣和生蒿菜。他喜歡抽西洋傳入的黃煙，每天拿著長煙管東遊西逛。這煙管竟長到可做拐杖的地步。他眼睛有病，怕日光，就自己磨製了兩枚圓形的小貝殼，紮上眼，穿上線，掛在兩耳之間，並把它叫做「眼鏡」。金聖嘆喜歡談禪談道，更喜歡抨擊時賢，把自己的住所稱做「唱經堂」。怪異的生活方式和怪異的言論思想使他聲名大振。

他的朋友極多。人家稱讚他「至人無我」，遇到好辯之徒就「珠玉隨風」，遇到安靜之士就「木訥終日」，交游雖雜，卻一派隨順和諧。金聖嘆的好友王斲山，據他說也是一個「無技不精」、「傾家結客」的奇人。兩人的感情至深。王斲山有一次借了三千兩銀子給他，囑咐他謀些事情，本錢「仍歸我」，利息「為君助燈火」。誰知金聖嘆一月間將這筆錢揮霍一空，他還對王斲山說：「此物留君家，適增守財奴名，吾已為君遺之矣！」斲山只好淡然一笑，由他去了。

金聖嘆常常在自己的「唱經堂」內聚徒講經，「發聲宏亮，顧盼自雄，撫掌自豪，不可一世。」他的奇偉風采極為門徒們所推重。據說他曾經講《易經》中的乾坤二卦，即多達數萬餘言，發揮得極為精彩，但又不許門徒外傳，只准傳寫，藏起來偷偷地看，絕對不可以示人。金聖嘆祕藏有一部頗為神祕的經書名為《聖自覺三昧經》，是他講經的主題，但其稿本又始終帶在身邊，「自攜自閱」，連最好的朋友也不得一見。這經書的內容也許我們只能在他的洋洋灑灑的種種評點中才能隱隱地窺見一斑了。

崇文不廢武：周亮工的文士習氣

周亮工一日正在家中閒坐，好友陳際泰突然來訪。寒暄幾句後，陳際泰談上了正題，原來他前一天得到了詩人王子涼剛作好的一首詩〈潛岳解〉。王子涼的詩偏好用一些生僻拗口的詞句，以至於他自己寫完的詩幾日後自己都解釋不通。陳際泰捧著〈潛岳解〉，左看右看也摸不著門徑，半日後，才悟到詩是五字一韻，原是個五言古詩。「句讀雖能斷了」，陳際泰對周亮工訴苦說：「所言卻終不能解。我只好數著字讀，稍有不慎就會差錯了字，只有再從頭來，累得我頭暈眼花！周公是詩壇名將，還望指教。」周亮工悠然道：「我讀子涼的詩，確是比你快得多。這首〈潛岳解〉共七百五十字，何不當作七百五十句讀之，到手即可讀完。」陳際泰聽後大笑。周亮工超然幽默的文士習氣於此可見一斑。

周亮工（一六一二—一六七二年），字元亮，一字減齋，號櫟園，人多稱之「櫟下先生」，河南祥符（今開封市）人。作詩主張以「自道性情為主」，最反對刻板模仿古人，提筆就用奇譎古字，「使人讀不得句，句不得解。」而當時文壇恰恰是因襲之風盛行，明代七子的復古論調到清初越來越顯露出它偏執的一面，一味的模仿已無法達到神韻的相合。周亮工對此頗感憂慮，他親自選編《賴古堂近代古文選》、重刊嚴羽的《滄浪詩話》，都意在匡正文風，可謂用心良苦。

周亮工交友很有個性，從不逼自己做自欺欺人的客套之舉。他偏愛風流有才的人，這方面堪與以提掖後進聞名的龔鼎孳相比。他雖然聲望很高，在年輕人面前卻從不擺架子，更不惜四處推薦稍有才華的青年；他體恤老生貧交，待之如親兄弟。而和自己意趣不投的人，無論官職名氣多大，他都照樣不放在眼裡。據《賴古堂集》記載，周亮工待人坦然率意，有話則說，無話就送客。向他求詩的人可能一生不得，可只要他自己高興，不懂詩也不想要他詩的人，周亮工都可能題詩奉贈。有些負盛名者，想藉周亮工的名聲炫耀，便與他唱和往來，他的詩題上都絕口不提人家的姓名。要是有人問他，他就說，我不敢用我的拙作辱沒你的詩名啊。為此他招來了不少人的嫉恨，卻也並不在意。

周亮工在明、清兩朝都做官，順治十二年（一六五五年）升為戶部右侍郎。官職升得過快，勢必引來很多小人的妒忌，再加上朝廷內部滿漢大臣互相傾軋，周亮工的官場生涯磨難重重。他侍郎沒做幾個月就被免了職，之後還有兩次被劾論死，一次是順治十六年，還有一次是康熙九年（一六七〇年），幸而皆遇大赦得免。晚年的周亮工在歷經大風大浪之後，心已如死水。往事蒼茫，心思用盡其實都是過眼浮雲，他知道自己已來日無多，某日竟取出幾乎所有自己的著述藏板和書稿，淡然付之一炬，所剩不過十之二三。康熙十一年，周亮工撒手而去，其子周在浚三年後將餘下的詩文加以整理，刻《賴古堂集》，共二十四卷。

周亮工的詩文多以簡淡、微婉、意新取勝。雖博學但不賣弄，作詩如做人，都強調一個真我本色。詩文之外，周亮工還有很多文士味十足的嗜好。朋友在時，他與朋友飲酒作樂，席間高談繪畫、篆籀，還有他最喜歡的古彝器；朋友去後，則手不釋卷，看的多是些野史筆記等奇異之書，這一切皆是興致所致，其倜儻風流盡顯名士風度。周亮工喜畫竹。他的墨竹，著葉不多，枝節零亂而有生氣。他曾為自己的畫題有一首絕句，被人稱為「衝逸雋永」的好詩：

稚子求無悶，抽條鬥作難。
莫言騰萬尺，節節報平安。

周亮工崇文而不廢武。他一生指揮過兩次大仗，雖處在我弱敵強的境地，卻都是輕鬆擊退了敵兵。第一次是明末，周亮工做濰縣的縣令時，清兵南下，山東各縣皆被攻陷。只有周亮工從容應戰，堅守不降。清兵數攻不破，終於繞道而去。失守各縣的百姓都深受戰火荼毒，濰縣的百姓卻因為有個好縣令而保全了性命與家產。濰縣人因此對他們的父母官交口稱讚，感激之情無以言表，竟捐錢出力為周亮工建了一座生祠，一時間香火不絕。然而畢竟明朝已亡，順治二年，豫親王多鐸兵下江南，周亮工也就改做了清朝的官。上任途中，周亮工再過濰縣，遠遠看見了那座生祠，不禁放聲痛哭而去。

周亮工的第一仗是抗擊南下清兵的，第二仗卻是消滅「復明」的海盜。當時海盜俱被淪落海上的南明收買，他們就乘「復明」之機，不住上岸騷擾，是邊境一大禍患。順治十二年，海盜進攻福州，城內守軍防備不足，騎兵只有數十騎，軍情甚危，巡撫宜永貴對是否能堅守住城池捏了一把汗。當時周亮工剛剛被停了右侍郎的職務，在福州聽候質問。在官兵們的一致擁舉下他成了西門的守將。一日天降大雨，盜賊藉機發起攻擊。周亮工登上城頭，連發數砲，擊斃了海盜的三員主將，福州之圍因此得解。

在這場戰鬥的空閒時間裡，周亮工仍念念不忘他的名士風雅。他請了福州很多紳士聚會暢談，席間周亮工極力讚許嚴羽的妙悟說，說到高興處，就和眾人立起嚴羽的牌位祭祀起來，還把聚會之所也定為「詩話樓」。周亮工離去後，人們仍經常念起他淳厚的德行，竟以他配祀嚴羽，恭恭敬敬地拜起來。周亮工與紳士們聚談這天，是清明前一天的寒食節，人們為紀念隱居起來、寧可被山火燒死也不見晉文公的介之推，在這一天都吃生冷食品而不動煙火。周亮工作〈寒食詩話樓感懷〉四首，其一是：

高樓獨擁萬山前，風展牙旗草色芊。
藥裡羞隨刀共佩，鄉書不與燧俱連。
天涯作客逢寒食，馬上看花見杜鵑。
遺令未須頻禁火，孤城此際半無煙。

有很長一段時間，周亮工因涉嫌貪汙而受嚴密的監視，住處都有士卒看守。可他卻彷彿視而不見。雪夜裡他和好友吳冠五擁著敗絮，共臥一塊薄板上，分韻聯章消磨殘夜。怎奈沒寫成文字，難免聽錯，兩個人就爭著用手在牆上比劃，結果一下子弄翻了床板，撲滅了燭火，兩人這才作罷，含笑入睡。即使在獄中，周亮工仍不為性命煩憂，他的十卷本《因樹屋書影》就是在監獄裡憶起平生種種見聞而成。書名是取「老人讀書只存影子」之意，某些記述雖不精確，議論卻大多公允，也有相當的史料價值。

周亮工的磊落性情大概是從他父親周赤之那遺傳來的。據說周亮工下獄候旨的消息傳到南京時，周赤之在家中仍然飲酒待客，面不改色。他還對客人說：「我自信一生沒有做過什麼惡事，竟要用喪子之災報應。我兒性情處處隨我，天理昭昭，必定不死。」事情也果被他言中，旋即頒旨大赦了。周亮工雖一生坎坷，卻是以一個後人仰止的真名士而名垂史冊的。

《風箏誤》裡一線牽姻緣

明清之際的江南民風，有鼎革劇創造成的心有餘悸的嚴厲，也有商賈發達導致的人際交往的活潑。人心厭憎束縛，嚮往自由，在戲曲中當然也會有所體現。清初著名的文學家李漁（一六一〇—一六八〇年），字笠鴻，號笠翁，江湖人稱李十郎。他在晚明時候還是一個鬱鬱不得志的秀才，到清時就已經絕意功名，走上依靠賣文演戲養活自己的新路。李漁長期居處民間，作品的上演又直面廣大觀眾，當然深諳市民趣味；他的戲班依靠給名公顯宦演出獲得饋贈度日，這使李漁同時又頗有道學頭腦。李漁的戲曲多是二者的巧妙調和，並因而成了溝通上層文化與下層文化的橋梁。譬如著名的《風箏誤》就是一部令人皆大歡喜的作品，其中不少對市民呼喚自由愛情的潮流的反映，實際上接續了湯顯祖對「真情」的歌唱，同時又唱起了情理合一的新腔。

此劇是李漁四十二歲時在客居杭州期間寫成的作品，一面世就引起極大的震動。它以一隻「作孽的風箏」為線索，講述了美女醜男和美男醜女由於誤會而錯位搭配的故事。它的特點是人物和情節都單純而集中，種種巧合既出乎意料之外，又合於情理之中。前西川招討使詹烈侯因剛直而退隱在家。詹有梅、柳二妾，素來彼此爭風，兩不相讓。梅氏有女愛娟，醜陋愚蠢，而且風騷無德；柳氏女淑娟則貌美性貞，且富才學。當時西南的洞蠻首領掀天大王率大象組成的軍隊侵略中原。危難之際詹烈侯起復赴任，臨行前為防梅、柳二人爭鬥，把宅院用一道高牆分成東西兩院。詹烈侯走時囑咐同年好友戚補臣為他的兩個女兒擇婿。戚補臣有子戚友先，容貌醜陋，又不學無術，只知出入青樓，四處玩耍。另有朋友託孤的養子韓琦仲，清俊高潔，不染塵俗之氣。他很想把愛娟配給兒子友先，而把淑娟配給養子韓生。一日戚友先在城頭放風箏，因嫌風箏素白不美，請韓生為之畫些圖案。韓生隨手在上面題詩一首。誰知這只風箏斷了線，飛落到詹家柳氏的院子裡。柳氏一時興起，命女兒在風箏上和詩一首。戚生的書童將風箏索還，因戚生午睡，就將風箏交給了韓生。韓生猜出和詩為詹淑娟所題，思慕不已，又另製風箏一只，題求婚詩於其上。可這只風箏斷線後卻落到詹家梅氏的院中。詹愛娟見詩後日夜狂想，奶娘見狀為她出一計策，待風箏主人的書童來索取風箏時約其夜間到家中密會。結果愛娟把韓生當作戚生，韓生把愛娟當成淑娟，雙方都歡喜赴約。哪知韓生再要和詩，愛娟卻不僅不能和出，而且色慾瘋狂，令人恐怖。恰好這時奶娘趕來點起燈燭，韓生見到愛娟的奇醜之態，頓時大驚而逃。愛娟從此更加日夜思念所謂的「戚生」，而真的戚生旋即在父親安排下和愛娟成親。新婚之夜戚生和愛娟都驚訝對方之醜，而當愛娟問及戚生為何上次幽會後容貌這般變化，一直蒙在鼓裡的戚生不禁勃然大怒，要求退婚。後來愛娟為討好丈夫不再張羅娶小，設計引誘妹妹淑娟到自己房裡，為貪淫的丈夫創造機會。可淑娟勇敢地操起寶劍反抗，使得這對醜夫妻的計劃終至落空。韓生吸取教訓，不再奢求名門才女，一心讀書，結果赴京應試，中了狀元，做了翰林院修撰。朝廷派他到西川督師，在和掀天大王交戰的軍中見到了詹烈侯。洞蠻一舉平定，上下歡慶。詹烈侯託人將次女淑娟許給韓生，韓生以為就是那天夜裡會見的那位，不禁暗暗叫苦。他推託養父戚補臣尚未同意，不好應允。詹烈侯於是寫信給戚補臣，而戚氏也告訴韓生這樁婚事已經下聘。韓生指責養父只是耳聞詹家小姐的虛名，但又不能承認自己曾經親見其醜狀，只好硬著頭皮答應下來。新婚夜韓生愁眉不展，遲遲不掀蓋頭。直到柳氏趕來勸說，才勉強掀開。故事到此出現戲劇性的場面，美人名士皆大歡喜，由風箏引起的種種誤會終於冰消雪化。

李漁這部《風箏誤》盡寫家常俗事，卻能夠波瀾迭起，引人入勝。劇本成稿後全國上演不斷，直到今天，〈驚醜〉、〈詫美〉、〈婚鬧〉、〈導淫〉等折仍是許多地方劇種的保留劇目。《曲海總目提要》說它的主旨在於揭示「瑕瑜混淆，妍媸難辨」的世風。但善惡、美醜、真假的尖銳衝突終於融化在笑聲裡，不能不說是李漁擅將平凡的日常生活予以藝術化的絕技的顯露。全劇最後一折〈釋疑〉中寫道：

傳奇原為消愁設，費盡杖頭歌一闋。
何事將錢買哭聲，反令變喜成悲咽。
唯我填詞不賣愁，一夫不笑是吾憂。
舉世盡成彌勒佛，度人禿筆始堪投。

樂觀精神、調和精神，本來就是民間的人生哲學，如王國維先生所說：中國人的精神是「世間的」、「樂天的」，所以中國的戲曲「始於悲者終於歡，始於離者終於合，始於困者終於亨。」這也正是李漁表達的戲曲美學觀點的根源。

《風箏誤》的好處還在於忠實地記錄了當時風俗的變遷。譬如第二折〈賀歲〉寫春節時妓女們結隊到府上拜年：

（末上）稟相公：外面有許多妓女上門來拜年。（副淨大笑介）我欲仁，斯仁至矣。妙！妙！妙！快喚進來！（末喚介）（老旦、小旦、淨、丑扮妓上）居鄰桃葉渡，顰效苧蘿村；鶯語同招客，梅花伴倚門。二位相公在上，賤妾們拜年！（副淨）不消，來到就是了。（生背面遠立介）（眾）哪一位是戚大爺？（副淨）小子。（眾）那邊一位呢？（副淨）是敝友韓琦仲。（眾）好兩位風流相公！

〈玉抱鶯〉〈玉胞肚〉堪稱雙美，乍相逢，教人目迷。（指生介）那壁廂，器字從容。（指副淨介）這壁廂，裘馬輕肥。二位相公不棄，幾時到敝寓來，光顧一光顧，何如？（副淨）明日就來相訪。

〈黃鶯兒〉（眾）望栽培，倘文車見枉，便不宿也增輝！今日各位老爺家，都要走一走，不得久陪，告別了！

不僅描摹生動，而且妙在可以想見「各位老爺」平日的作為。韓生和戚生截然有別的性格也體現得淋漓盡致。

李漁藉劇中丑角戚生之口宣說遊戲人生的態度，埋怨「文周孔孟那一班道學先生，做這幾部經書下來，把人活活的磨死。」放風箏時又說「古來製作的聖人最是有趣，到一個時節就製一件東西與人頑耍。」而世人迂腐的詩文「那十分之中竟有九分該刪！」不能說這裡沒有李漁自己的看法，可又明明是出自丑角之口，使得你偏又和他認真不得。李漁為人為文的奇妙魅力真讓人嘆為觀止了。李漁也是一位優秀的短篇小說作者。他的《無聲戲》、《十二樓》集清代短篇小說創作成就之大成，是話本小說中兩朵耀眼的奇葩。

《玉嬌梨》：寫盡才子佳人

清朝是一個小說繁盛的時代。小說在唐宋還只是傳奇故事，到元、明仍是話本和擬話本，而到了清代，小說則日臻成熟，已經成為名副其實的小說了。清小說按內容分有多種，但在清初最普遍流行的就是才子佳人小說了。顧名思義，才子佳人小說寫的是才子和佳人的美麗的愛情故事，中間穿插一些善惡忠奸的人物，一些引人會心一笑的噱頭，使小說充滿歡快的喜劇色彩。如《平山冷燕》寫燕白頷和山黛、平如衡和冷絳雪兩對夫妻的故事；《好逑傳》寫鐵中玉與水冰心的姻緣；《宛如約》寫司空約與趙如子、趙宛子二女的婚事；《春柳鶯》寫石液與梅凌春、畢臨鶯的姻緣巧合。才子佳人小說往往是充滿了詩情畫意，字裡行間鴛鴦歡舞，蝴蝶翻飛。

《玉嬌梨》也是這樣一部才子佳人小說：明正統年間，隱居金陵錦石村的太常卿白玄，為給聰慧多才的女兒紅玉擇婿，隨任進京，不意因拒絕御史楊延昭求親而被陷出使番邦。行前將女託付妻舅翰林吳珪，吳將紅玉認做次女，與親女無豔排行，改名無嬌。吳珪為避禍告假回金陵，遇才子蘇友白，欲將紅玉嫁之，但友白誤以為面貌平庸的無豔是紅玉，堅決不從。後白玄歸來，攜女回錦石村，恰蘇友白遊學至此，以詩打動紅玉，二人因詩傾心，紅玉囑其求吳翰林作媒，蘇於是進京。中途遇難，有盧夢梨扮男裝贈金訂情，蘇進京後一舉中第，放任杭州。恰白玄化名皇甫先生遊西湖，與化名柳生的蘇友白互相賞識，欲以女及甥女配之。友白雖答應，但仍心繫紅玉及夢梨。最後在錦石村，說開就裡，真相大白，又有吳翰林及友白之叔蘇御史作媒，蘇友白與紅玉、盧夢梨完婚，皆大歡喜。

《玉嬌梨》全稱《新鐫批評繡像玉嬌梨小傳》，又名《雙美奇緣》、《玉嬌梨小傳》、《玉嬌梨三才子小傳》、《雙美奇緣三才子》。題荑秋散人（一作夷荻山人、荻岸散人）編次。此書是《金瓶梅》後較早的文人創作之一，並曾先後譯成法、英、德、俄等各國文字。是中國小說中較早翻譯成外文並有一定影響的作品。法國人阿貝爾·雷米札於一八二六年在巴黎出版的法譯本是本書的第一個外文譯本。黑格爾在《歷史哲學》一書中論述中國的文武官員和科舉制時曾說：「據說『滿大人』還有極高的詩才。這一點我們自有方法來判斷，特別可以引證阿貝爾·雷米札所翻譯的《玉嬌梨》或者《兩個表姐妹》，那裡面說起一個少年，他修畢學業，開始去獵取功名。」這個「少年」便是蘇友白，《兩個表姐妹》則是《玉嬌梨》的另一個譯本。可見此書流傳的廣泛。

才子佳人類的小說人們都很愛讀，但讀完之後卻有褒貶不一的評論。許多人指責這種小說情節程式化，可概括為三句話：「私定終身後花園，多情公子中狀元，奉旨完婚大團圓。」說才子佳人小說壞話的第一人大約是曹雪芹，在《紅樓夢》第一回中，他就曾說過：「至若佳人才子等書，則又千部共出一套，且其中終不能不涉於淫濫，以致滿紙潘安子建、西子文君，不過作者要寫出自己的那兩首情詩豔賦來，故假擬出男女二人名姓，又必傍出一小人其間撥亂，亦如劇中之小丑然。且鬟婢開口，即者也之乎，非文即理。故逐一看去，悉皆自相矛盾，大不近情理之話。」在第五十回「史太君破陳腐舊套」中，又藉賈母之口，發了一大段議論：

這些書就是一套子，左不過是些佳人才子，最沒趣兒。把人家女兒說得這麼壞，還說是「佳人」！編的連影兒也沒有了。開口都是鄉紳門第，父親不是尚書，就是宰相。一個小姐，必是愛如珍寶。這小姐必是通文知禮，無所不曉，竟是「絕代佳人」——只見了一個清俊男人，不管是親是友，想起他的「終身大事」來，父母也忘了，書也忘了，鬼不成鬼，賊不成賊，哪一點像個佳人？就是滿腹文章，做出這樣事來，也算不得是佳人了！比如一個男人家，滿腹的文章，去做賊，難道那王法看他是個才子，就不入賊情一案了不成？可知那編書的是堵自己的嘴。再者：既說是世宦書香大家子的小姐，又知禮讀書，連夫人都知書識禮的，就是告老還家，自然奶媽子丫頭服侍小姐的人也不少，怎麼這些書上，凡有這樣的事，就只小姐和緊跟的一個丫頭知道？你們想想，那些人都是管做什麼的？可是前言不答後語了不是？

不能不承認賈母——當然是曹雪芹對才子佳人的批評是中肯的，也有一定的道理，才子佳人小說確實存在這些許的缺點。但批評歸批評，曹雪芹卻也不能完全脫離這類小說的影響。他潑重墨描摹的大觀園中的兒女們，每天唱和酬答，提筆輒成詩，不也是些才子和佳人？寶玉和黛玉不也是「私定終身後花園」？大觀園中的丫鬟們如襲人、晴雯、紫鵑不也參與了主子的情愛生活？曹雪芹不也忍不住才情流露而在書中寫了大量的詩、詞、曲、賦？所以雪芹的所說和所為不也是「自相矛盾，大不近情理之話」——《紅樓夢》不啻為一部非常偉大並充滿神祕魅力的書，雪芹的這些重重矛盾，焉知沒有別種深意在內？

曹雪芹還有一種意思，即這些才子佳人小說的作者不過是些酸腐淺陋的文人，他們根本不熟悉世宦書禮大家的生活，情節不合情理，那些故事只是他們有些歪曲的幻想。這話也有道理，才子佳人小說的作者往往是些名不見經傳，連生卒年都不可考的文人，如《玉嬌梨》作者「荑秋散人」、《平山冷燕》屬名「荻岸山人」，《好逑傳》則題「名教中人編次」，《宛如約》作者不詳，《春柳鶯》則「南北鶡冠史者編」。這是事實，但才子佳人小說既然擁有如此之多的作者和讀者，當然也有它特有的魅力，才子中狀元，佳人身邊伴，誰不羨慕，誰不稱讚，現實生活中難以實現，難道還不許做一些美麗的鴛鴦夢嗎？

況且幾部優秀的才子佳人小說在行文上是很精彩的。就如《玉嬌梨》，構思自然，如行雲流水。情節也極盡曲折宛轉之能事，緊張處讀者為之懸心，歡聚時讀者亦因之而展顏。就是裡面的詩詞，也不全像曹雪芹說的那樣不堪。不妨引幾首詩詞，略看一看作者的功夫，第九回中蘇友白作了一套九支「詠紅梨花」的曲子，其中佳句甚多：

〈步步嬌〉素影從來宜清夜，愛友溶溶月。誰知春太奢，卻將滿樹瓊姿，染成紅烽。休猜杏也與桃耶，斑斑疑是相思血。

〈沉醉東風〉擬霜林嬌紅自別，著半片御溝流葉。儼絳雪幾枝斜，美人亭榭。忽裁成綃衣千疊。明霞淡些，凝脂豔些，恰可是杜鵑枝叫舌。

〈五供養〉紅哥絳姐，便叢叢深色，別樣豪奢。雨晴肥瘦靨，紅白主賓遮。嗔嬌怨冶，似不怕東風無藉。想人靜黃昏後，月光斜，疑是玉人悄立絳紗遮。

……

這幾首曲子不僅對景入時，而且字字珠璣，其中又熾情可感，讀來爽口怡心，教人怎不喜歡？

《玉嬌梨》之類才子佳人小說的盛行，與中國人的文藝審美觀也有關係。人們往往喜歡讀些輕鬆愉快的東西來滌心養性，於悠然的欣賞中品鑑出其中的「道」和「味」，而不似讀外國小說那般沉重。因此，才子佳人小說同其他邪俠小說、公案小說等，都成為我國文學史上的奇葩。

屢被查禁的《續金瓶梅》

《續金瓶梅》的作者丁耀亢。丁耀亢（一五九九－一六七〇年），字西生，號野鶴，自稱紫陽道人。《茶餘客話》中所云或有幾分傳奇色彩，但其中也足見丁氏的性格特徵。

據乾隆刊本《諸城縣志．文苑》載：丁氏「少孤，負奇才，倜儻不羈。」十幾歲考上秀才，到江南遊學，慕董其昌之名，拜在他的門下。又與陳古白、趙凡夫、徐暗公等人組織文社，飲酒唱和。只是學問雖好，卻無人賞識，鬱鬱不得志，只得重返故里，名心漸衰，生業漸廣，耕牧是資，編茅架茨，採薪汲谷，入山隱居。取歷代吉凶之事，作《天史》十卷，獻給益都鍾羽正。羽正十分賞識，偏這時天下已亂，文章不值錢了。

後山東地區農民起義，益都王遵坦用劉澤清鎮壓之，丁氏素與王遵坦友善，遂募數千人馬，協助追剿，解安邱之圍。然不久明朝亡，他的戰功也一並付諸東流了。

清順治四年（一六四七年）入京師，由順天籍撥貢充鑲白旗教習，與名公巨卿王鐸、傅掌雷、張坦公、劉正宗、龔鼎孳皆結交頗深，常在其所建「陸舫」中賦詩，聲名大噪。其間雖輾轉於仕途，卻始終只是個學官。後來由容城教諭遷至惠安知縣，卻旋以母老告歸。此後丁耀亢集一生經歷，著作《續金瓶梅》，不想書成而禍至，康熙四年（一六六五年）八月鋃鐺入獄。丁耀亢坐了一百二十二天的監牢，後遇赦還山，但書卻燒得精光，丁氏《焚書》詩云：「帝命焚書未可存，堂前一炬代招魂。」幸爾有一部書因在康熙三年被帶去琉球島而倖免於難。自此，丁氏越發心灰意冷，又加上雙目失明，遂一心參禪入佛，終「合掌拿佛而歿」。

《續金瓶梅》故事，緊接《金瓶梅詞話》第一百回「普靜師薦拔群冤」的情節，全書十二卷六十四回，分前後兩集。前集寫西門慶轉世為汴京富戶沈越的兒子，名叫金哥；李瓶兒轉世為袁指揮的女兒袁常姐，與金哥是表兄妹。袁常姐被宋徽宗所寵的東京名妓李師師發現，驚為天人，遂假傳聖旨，把她要去撫養，取名銀瓶。後金兵入侵，百姓紛紛逃難，金哥亦淪為乞丐；銀瓶則在李師師行戶中當了一名藝色雙全的樂妓，後嫁與洛陽富戶翟員外為妾，又與鄭玉卿私通，背夫潛逃。而這鄭玉卿卻是花子虛托生，貌美而心歹，途中將其賣與鹽商苗青。銀瓶痛遭苗妻虐待而自縊身亡。

後集寫春梅轉世為汴京孔千戶女梅玉，因慕榮華富貴而嫁與金將之子金哈木為妾。大婦是孫雪娥轉世，百般虐待她。梅玉不堪其苦，夜寐驚夢，得悉這是她虐待孫雪娥的報應。遂出家為尼，消除寃寃相報，長齋念佛，終於得到超生。山東黎指揮之女金桂系潘金蓮轉世，依舊生得如花似玉，淫態畢露，嫁與劉瘸子，其人是陳經濟轉世，前世無行，今生體貌不全。金桂嫁得殘廢丈夫，又怨又氣，終成痼疾，變成石女，為其母送到大覺寺削髮為尼。

而前後集中貫穿的另一條線索即原書中未死之人吳月娘、孝哥、玳安、小玉等的悲歡離合。金兵入侵時，吳月娘與其子孝哥隨眾人棄家逃難，途中又遇強人將其資財搶劫一空，後來母子失散。孝哥皈依佛門，終於母子團圓。月娘遂亦削髮為尼，潛心佛事，享年八十九歲，坐化飛升。十多年後，孝哥也坐化成佛。

這兩條線索交錯發展，其中又穿插了一些歷史人物，如宋朝的帝王將相宋徽宗、張邦昌、韓世忠、岳飛、秦檜等的故事。

這樣一部小說何以被清統治者明令禁毀，以致讓作者過了一百多天的鐵窗生涯？劉廷璣在《在園雜誌》中有言：該書「多背謬妄語」，「顛倒失論，大傷風化」，此中可見真正為清統治者所不容的是書中之「背謬妄語」。如西湖釣史序所說，《續金瓶梅》「幻化風雲」，寫了「君臣家園」所遭遇的兵火離合、桑海變遷。恰似《金瓶梅》是明託宋事實寫明事，《續金瓶梅》則是明託宋事實寫清事。如在文中第六回出現「錦衣衛」、「下衛」的提法，這是明制。而第二十八回、三十五回中出現「藍旗營」、「旗下」等提法，這更是清代所獨有的八旗制度，這般蛛絲馬跡恰是作者有意為之的疏露之筆，隱晦地表明其筆下所謂「金兵」、「金人」實際正是清統治集團。如此他在文中的感時傷懷即如陳忱在《水滸後傳》中抒寫的亡國之痛，而他對昏君宋徽宗，佞臣汪國彥、黃潛善、秦檜等人的指斥也是對明朝滅亡沉痛反思。平步青《霞外捃屑》卷九就曾指出，《續金瓶梅》乃「意在刺新朝而洩黍離之恨」。

《金瓶梅》結尾寫到金兵大舉南侵，人民流離失所，續篇中則具體鋪敘了金兵屠城擄掠的殘暴罪行，展現了金兵攻陷汴京，屠掠兗東，血流揚州，「殺的百姓屍山血海，倒街臥巷」的歷史畫面，這些都很容易使人聯想到清朝統治者所製造的一次次慘不忍睹、令人髮指的暴行。作者旨在揭示清軍入侵中原的惡劣行徑，其中流露出強烈的義憤與民族情感都具有明顯的反清傾向。如此看來，丁耀亢因作成《續金瓶梅》而引出其人其文的遭際就在情理之中了。

更令人嘆惋的是《續金瓶梅》在今日又往往成為人們求全責備的對象。理由其一是認為作者宣揚一種腐朽的宗教觀念：因果報應。確實，西湖釣史序中即云：作者「遵今上聖明頒行《太上感應篇》，以《（續）金瓶梅》為之註腳。」作者在第一回裡也說：「要說佛說道說理學，先從因果說起；因果無憑，又從《金瓶梅》說起。」作者即按這一構思，以因果報應思想設計人物形象，安排人物命運。然而脫離作者的時空環境，一味否認宗教思想顯然有失偏頗。小說卷末云：「諸惡莫作，眾善奉行，……我今講一部《續金瓶梅》，也外不過此八個字，以憑世人參解，才了得今上聖明，頒行《感應篇》、《勸善錄》的教化。」這其中可見丁氏欲以此作寄寓一種善有善報、惡有惡報的道德理想，並以此教化民眾，「諸惡莫作，眾善奉行」，這番良苦用心只怕不該用宗教觀念之腐朽便一概抹殺。

此外，作者筆下主要人物，如吳月娘、孝哥、金桂、梅玉等終都遁入空門，以成正果。而且文中第四十三回，作者又直言不諱指出：「一部《金瓶梅》說了個『色』字，一部《續金瓶梅》說了個『空』字。從色還空，即空是色，乃因果報應轉入佛法，是做書的本意，不妨再三提醒。」如此宣揚「色空」觀念，亦為今人所不容。然聯繫丁氏之生平經歷，生活在動亂年代，國破家亡，滿目盡殺戮、搶劫、腐敗與荒淫，而且幾番切身求索又都無濟於世，只得在儒、佛、道中尋找精神歸宿，由「入世」轉入「出世」，或皈依佛法，或遁隱山林，其中無可奈何的超然當然也不該用「荒唐無稽」一語概之。

博學古今的康熙大帝

康熙名叫愛新覺羅・玄燁，八歲即位，十四歲已開始親政，親政的時間長達五十五年。他是一個幹練沉著的皇帝，十六歲時就除掉了權臣鰲拜，從此又開始收拾那依舊破碎不堪的山河。比如對吳三桂的撤藩之請（其實是試探），他主張將計就計，應允吳的「請求」而使其反叛之心暴露；然後又歷經八年，到康熙二十年（一六八一年）二月，終於將吳三桂的殘部徹底消滅。到康熙二十二年（一六八三年），又以施琅的力量摧毀了鄭經辛苦經營二十年的臺灣大本營。不過臺灣雖已收復，鄭成功的忠貞精神卻是應當褒獎的。頗富文才的康熙皇帝專門寫有一副追思鄭成功的挽聯：

四鎮多二心　兩島屯師　敢向東南爭半壁
諸王無寸土　一隅抗志　方知海外有孤忠

情意深摯，堪稱楹聯佳品。如果考慮到這份情感是發自作為鄭氏集團對立面的清廷，就更得讚佩康熙皇帝那磊落的胸懷了。

康熙是個難得的仁厚皇帝。他即位時還是個地地道道的孩子，可太皇太后問起他有何打算時，他卻說：「惟願天下久安，生民樂業，共享太平之福。」（《東華錄》）這是他的理想，也是他能夠創造出一番盛世基業的根柢所在。他後來初廢太子，因為發現太子是個「不孝不仁」的傢伙，十分傷心，甚至達到「且諭且泣，至於僕地」的地步。他對小人惡行的責罰每每點到為止，不忍過於殘忍，如顧炎武的外甥徐乾學，性喜收受賄賂，被人揭發，他出於愛才，只是准其辭官，而仍留其主管編書事情。徐乾學的兒子徐樹敏，因為受賄而依法當絞，他也只是令其繳納罰款了事。再有王鴻緒和高士奇，兩個出奇的無行文人，前者騙了萬斯同的《明史》歸自己，後者靠一手館閣體的書法起家。兩個人都是依附權臣納蘭明珠的諂媚好手。兩人聯合向各省督撫、道、府、州、縣以及在京大小官吏，收取「平安錢」，以保證不在皇帝面前說他們的壞話。像這樣嚴重的罪行，被康熙知道以後也只是收上來一點錢，免職了事。高士奇發了財，在杭州西湖買了十萬畝良田。這都是因為王是「經筵講官」，擅在御前講古書；高士奇的詩還不錯，有時替皇帝捉刀。至於著名的關於「安溪相國」李光地的爭議，其實他的無行，康熙也並非全不知道；不過康熙看人比較全面，李光地確實有些實在的學問，而且也有治理的才能。康熙對於學術文章持「折中」的觀點，也是在長期和李光地共同切磋中形成的。康熙的愛才，是繼承順治的遺風，有些方面還有進展。有人說康熙皇帝這般仁厚，「該罰的不罰，該殺的不殺，弄得國家沒有紀綱」（黎東方《細說清朝》）。其實這寬容的性格若從文學政策的角度去看待，也未嘗不是詩文繁榮的一個動因。

另一方面，康熙本人就以博學古今著稱，「年十七八時，讀書過勞，至於咳血，而不肯稍休。」他精通天文曆算、刑律、農業、醫藥，在數學方面造詣尤其精深。他喜歡李光地也和李是清朝有名的數學家有關。康熙在南巡的時候，曾特地把當時民間著名的布衣數學家梅文鼎召到御舟之上，兩人痛快長談三日，臨別時康熙依依不捨地感慨一番，並御書「績學參微」四個大字贈給梅文鼎。所謂上行下效，康熙本人對學術的酷愛直接造成康熙一朝大臣中普遍講求學問的風氣。

康熙寬容的性情和他對學問的熱愛結合在一起，就形成了康熙朝獨特的文化懷柔政策。這主要體現在康熙十七年（一六七八年）正月的開「博學鴻詞科」。所謂「博學鴻詞科」，是分科取士的科舉制度中的一科。它有點類似於隋唐科舉分成常科和製科時的制科考試，這種制度從誕生時起就是專門用來網羅非常人才的，因而也是不定期的。應徵的都是些明代遺老，但其中有堅辭的，有看得極淡的，也有十分熱衷的。傅山被征時以老病辭，後來免試賜「內閣中書舍人」銜，但要求入都謝恩。傅山被抬到午門，見實在躲不過去，便僕於地上，哭哭啼啼。刑部尚書魏象樞因為和他都是山西同鄉，就替他打圓場，說：「好了，好了，謝過恩了！」這些誇張的舉動被高陽先生指為「名心未淨」（高陽《清朝的皇帝》），還是很有道理的。應召各人先由皇帝賜宴，再於弘仁閣下當場考試，題目是〈璇璣玉衡賦〉和〈省耕二十韻〉。湯斌、汪琬、施閏章、朱彝尊、毛奇齡等名士都在其列。到京的五十九人除傅山等九人以老病授銜歸里之外，其餘五十人分授一等二十名、二等三十名，令其在京纂修《明史》。嚴繩孫四次推辭不成，勉強招至北京，答卷時竟僅寫一首〈省耕詩〉，而且只有八韻，膽子可謂夠大。結果因為康熙說「史局不可無此人」，仍然列在二等。徵舉「博學鴻詞科」的目的主要在編修一代巨典，而且這一任務既為許多態度溫和的明遺民所樂為，又非他們莫屬。歷來對清廷此舉的評價都有失公正，其實清初文學之盛如毛奇齡、施閏章等輩的崛起，詩文格調由遺老們的哀哭之辭一轉而為清新亮麗的盛世深情，這樣絕大的文學演進又怎能和「博學鴻詞科」的開設無關？說到此處，閱卷的過程中還有一件小事體現出康熙皇帝的精深的文學品位。他精通音韻之學，卻發現潘耒詩中「冬韻出宮字」，李來泰詩中「東韻出逢、濃字」。這些錯誤都出在這些頗負盛名的名宿身上，令康熙大惑不解，發出「詩賦韻亦學問中要事，可以都不檢點？」的疑問。群臣解釋說這是「功令久廢詩賦」的原因，認為這些都是「大醇之一疵」，建議康熙「取其大」。康熙想想也是，就聽從了大家的建議。

高陽先生說康熙是個「了解西方文明，尊重科學精神」的皇帝。這話確實不假。當時中華文明處在衰微之際，許多上古時代就已達到極精微程度的專門學問此時已經幾乎湮沒。用康熙皇帝的話說，像「天文曆算」這樣的學問已經成為「絕學」。可偏偏在康熙初年發生了舊曆、回曆和所謂「西洋新法」之爭。挑起此事的是守舊派的楊光先，攻擊的對象則是傳教士湯若望和南懷仁。後來在康熙三年（一六六五年）十二月，湯若望已經病重，此時就一次日蝕的準確時間，三方展開了一場「實測」的較量。楊光先等人用舊曆推算的時間比湯若望預測的時間早一刻鐘，回曆的預測則早半小時。結果「實測」以「西洋新法」的勝利而告終。楊光先主持欽天監一段時間後，又出了大笑話，被免職回鄉，淒涼而死。而康熙親政後竟和皇太后一起到湯若望墓前祭掃，兩者恰成鮮明對比。讓中國人承認「西洋」的優越是一件很痛苦的事，但康熙作為天文專家卻始終秉持著尊重科學的態度。這開放的精神和滿族作為來自中華大地邊緣地帶的邊緣民族的生命活力很有關係。可惜後來漸漸被舊的衰朽力量所同化，造成嘉道間國勢的淪喪。清初文學顯現出的盛世的青春活力，有許多也是來自這種開放的中西交流態勢的激發，這樣說來康熙的功績真是不可勝數了。

《水滸後傳》的故國遺恨

陳忱是明末清初的通俗文學作家，中年逢明清易代之變，經歷了「天崩地裂」的禍患。明亡後，「以故國遺民，絕意仕進」，與吳中名士「遁跡林泉，優游文酒」。順治間，又曾與顧炎武、歸莊等組織驚隱詩社，依據他的詩文推測，也可能參加了武裝的抗清鬥爭。他晚年住在南潯，據《烏程縣志》載：「居貧，賣卜自給。究心經史，稗編野乘，無不貫穿。好作詩文，驅策典故，若數家珍，而無聊不平之氣，時復盤旋於楮墨之上，鄉薦紳咸推重之，身名俱隱，窮餓以終。」而他的《水滸後傳》就是其「白髮孤燈」之暮年所作。

《水滸後傳》緊接《水滸》故事，描寫梁山英雄征方臘以後，死傷大半，剩下李俊、阮小七和燕青等三十二人，他們流散四方，大都重操漁樵舊業，隱居不仕。只是仍被蔡京、童貫等奸臣所不容，生出種種藉口，欲將其斬盡殺絕。英雄們忍無可忍，遂再度嘯聚山林，誅除惡霸，對抗官軍。後金兵入侵，中原淪陷，南宋小朝廷偏安江南，他們又奮起抗金，以報國勤王為己任。最後，見報國無望，不得已先後入海，於海外暹羅島另開基業，推李俊做了暹羅國王，並支持宋高宗建都臨安。全書以「中外一家，君臣同慶」為結局。

《後傳》雖寫的是南北宋之交的人物、事件，但實質上卻是借古喻今，反映明末清初的社會情況。在書中第二十八回，作者藉柴進與燕青的對話即暗示了這種影射：

> 柴進回頭向北道：「可惜錦繡江山，只剩得東南半壁。家鄉何處！祖宗墳墓遠隔風煙……對此茫茫，只多得一番嘆息。」燕青道：「譬如沒有這東南半壁，傷心更當何如？」

這一句「譬如」，豈不是明朝遺老亡國之痛的表露？而且作者在〈水滸後傳序〉中又云：「嗟乎！我知古宋遺民之心矣。窮愁潦倒，滿腹牢騷，胸中塊壘，無酒可澆，故藉此殘局而著成之。」此中更足以見此書是為明遺民所作的「洩憤之書」，傾注著一種時代情緒和心態，而其中的主脈自是亡國的傷痛。

正當李俊、阮小七、李應等重新聚義的時候，金人入侵，中原淪陷。金兵為了搜刮金銀財物，俘獲人質，到處殺人放火、姦淫擄掠，致使中原地區「雞犬無聲人跡斷，桑麻砍盡火場餘」，呈現「四野蕭條，萬民塗炭」的景象。而在國家危亡之際，朝廷重臣蔡京、童貫等卻一味「排擯正人」，使「忠臣良將俱已銷亡」；徽欽二帝又朝歡暮樂，昏庸誤國。金兵軍臨城下，竟罷主戰派李綱、種師道的兵權，讓江湖騙子郭京以「六甲遁法」退金兵，結果雙雙被俘。國難當頭，奸臣當道，嫉賢妒能，英雄縱有救國之計，報國之心，卻無以施展，目睹國破家亡徒然嘆息，這只怕是更為深重的憂憤。

胡適在〈水滸續集兩種序〉中云：「《後傳》描寫北宋滅亡時的情形，處處都是借題發洩著者的亡國隱痛。」應該說，在這重意義上，《後傳》是《水滸全傳》主題的發展和深化。

誠然，《水滸後傳》主旨在於「洩憤」，然又與許多續書相同，作家的創作也是為了滿足讀者審美心理上的要求，消除許多讀者在卒讀《水滸全傳》後揮之不去的遺憾。

《後傳》以「阮統製梁山感舊」開篇，當時阮小七「將軍戰馬今何在，野草閒花滿地愁」的心緒實際正是作者、讀者的心理。而以此為《後傳》的起點引發出的梁山泊所剩的三十二位英雄，「比前番在梁山上更覺轟轟烈烈做出驚天動地的事業來，功垂竹帛，世享榮華，成了一篇花團錦簇的話文。使人見之，一個個歡欣鼓舞，快意舒懷，不禁拍案叫絕」（《水滸後傳》第一回）。

作品基本實現了讀者所期待的獎善懲惡的道德標準。在《水滸全傳》中，英雄們大半慘遭殺害，而且死的窩囊，於是在續書中作者即讓水滸英雄的精神延展開去，不僅梁山倖存的好漢前仆後繼，而且其後人也都不乏父輩之風采，花榮的兒子花逢春，宋清的兒子宋安平，呼延灼的兒子呼延鈺，徐寧的兒子徐晟等都投入義軍，甚至於當年與梁山義軍仇怨篤深的扈家莊的扈成也上山入夥，並藉其口道：「先前只道梁山泊那班是亡命反寇，豈知一個個是頂天立地的好男子！」而對於在《水滸全傳》中終歸橫行於世的奸臣蔡京、高俅、童貫等，《後傳》中則以殘害忠良致使半壁喪傾的罪名將其削職發配，並在發配途中被李應、燕青等撞見，處死，又把屍骸拖到城外，任鳥獸啄餐。

全書結尾梁山英雄因為暹羅國平寇除兇被當地人擁戴，舉李俊為王，三十多位英雄也冠袍加身。金鑾殿上，四美結良緣；慶功宴上，「賦詩演戲大團圓」。這大團圓的結局無疑圓了諸多梁山好漢的夢，一併也抹卻了無數讀者的千般遺憾。

如果說《後傳》中抒寫亡國孤臣之痛，是陳忱作為一代愛國知識分子的代言人對於家國傾亡的哀怨憤慨，體現了強烈的時代精神；那麼奸臣邪佞受誅伏法，英雄好漢雄風重振或可說是作家煞費苦心在作品中營造的理想王國，除了迎合讀者的審美心理，更反映了作家渴望英雄，以及「另尋一塊乾淨土」的憧憬。仔細體味，這理想之國又未免絕對化而顯得虛幻，由此更顯出英雄濟世之無能為力的無奈與悲痛的深切，作者這番深意與個中苦辣只怕鮮為人知。

如此可見，《水滸後傳》雖不可與《水滸全傳》等價齊觀，但在思想內涵的拓展上卻有其獨到的認識價值；此外在藝術表現上，陳忱也實現了審美的愉悅與滿足。正如作者在〈水滸後傳論略〉中所說：「《後傳》有難於《前傳》處：《前傳》鏤空自影，增減自如；《後傳》按譜填詞，高下不得。《前傳》寫第一流人物，分外出色；《後傳》為中材以下，苦心表微。」陳忱認識到續書之難，充分調動了各種藝術手段，使《水滸後傳》成為眾多續書中極為出色的一種。

在人物塑造方面，作者在原書基礎上續寫水滸倖存人物的命運，既保持前傳中人物的基本性格特徵，又有所發展變化，豐富了人物的血肉靈魂。後傳中精雕細刻了燕青、李俊、李應、穆春等主要藝術形象。浪子燕青在《後傳》中由原本的「百伶千俐」成熟到

「忠肝義膽，妙計入神」，成為起義軍中一重要決策人物。再如李俊，在前傳中是一普通水軍頭領，《後傳》中經歷起義鬥爭變得沉著冷靜，成為智勇雙全、胸懷大志的義軍領袖。

與人物性格相協諧的景物描寫富有詩情畫意，既輝映了英雄本色，又具有濃郁的抒情色彩。

皇帝賜御匾的翰林朱彝尊

相傳有一年康熙皇帝南巡浙江，喬裝成百姓去察訪民情。一天，他路過一個荷池，發現池邊有座草亭，亭中一個五十來歲的老人在曬太陽。走近一看，卻大吃一驚：當時立春剛過，乍暖還寒，池塘裡的冰還未融化，這位老者卻敞開衣襟，裸著肚皮，迎著陽光曬。

康熙皇帝奇怪地問：「老人家，天這麼冷，你袒著肚皮幹什麼？」老者告訴他：「沒辦法呀，肚子裡的書快要發霉了，必須敞開來曬一曬呀。」康熙看出老者很有學問，把他封為翰林院編修，並親賜給他一塊「研經博物」的匾額。

這位有學問的老者就是清代著名詩人朱彝尊。這個故事是流行在浙江地區的民間傳說，民間傳說當然虛假的成分很大，故事的真實情況是這樣的：朱彝尊從康熙三十一年

（一六九二年）辭官回家，便一直以著述為業。康熙帝南巡時，他曾到無錫迎駕。康熙帝召見於行宮，他進呈《經義考》二百卷，受到康熙的讚賞，並御書「研經博物」賜給他。

朱彝尊（一六二九－一七〇九年），字錫鬯，號竹垞，晚號小長蘆釣魚師，又號金風亭長。秀水（浙江嘉興市）人。早年以設館授徒和遊幕來維持生活，並曾企圖舉事抗清，事未舉。後來他轉變了對清朝的觀念，於康熙十七年（一六七八年）五十歲時，以布衣身份參加博學鴻詞科考試，得中一等，與李因篤、潘耒、嚴繩孫同稱為「江南四布衣」，參與修撰《明史》。

朱彝尊是個很有意思的人，他「研經博物」，可稱「經師」，且酷喜讀《十三經》、《二十一史》等經史書，甚至出遊時也要隨車攜帶，那麼按常理說他應該是個道學，可是同時他又自詡「楚狂行矣不回頭」。「經師」與「楚狂」這兩種本是冰火不相融的人格特點，竟在朱彝尊的身上達到了和諧的統一，令人驚嘆。

朱彝尊酷愛讀書，已經到了著迷的程度，為了讀到一些珍本祕笈，他想盡辦法，不惜一切代價。當時有錢曾（字遵王）著有《讀書敏求記》，共著錄藏書六〇一種，皆宋元版之珍本祕笈，其族祖錢謙益絳雲樓藏書之精華，全都薈萃其書。但錢曾卻很吝嗇，把書藏在枕中，出門則隨身攜帶，從不示人。朱彝尊聽說此書後，屢次求一睹，但始終不得。一次，朱任江南典試官，與錢相會於江寧，設宴請錢。眾人宴飲之時，朱乃暗中以黃金翠裘賄賂錢的書童，將此書原稿竊來，預先在密室置書吏十餘人，用半宵時間抄出副本，仍把書偷偷放回。從此錢的《讀書敏求記》，仗朱彝尊方得以流傳於世。

又有一次抄書，朱彝尊付出了更大的代價。朱在史館任職時，私下把抄書手帶進史館，專門抄寫各地進呈的宮禁要籍。後來被人參劾，以洩漏罪被降官。朱還因此而為他的匣子作銘：「奪儂七品官，寫我萬卷書。或默或語，孰智孰愚。」（清代朱克敬《儒林瑣記》卷一）

朱彝尊為人放達，詩才雋逸，然而「性好飲酒」，曾與一個叫高念祖的人一起進京，每天日暮泊舟時，朱很快便不知去向，派人四處尋找，才發現他早就跑到酒肆中，醉臥酒甕之下了（清代汪琬《說鈴》）。好酒之人大多性情粗豪，這與他的「經師」似乎也很不相襯，但卻使朱彝尊結交了很多好朋友。朱與趙執信就很交好。趙執信因違禁觀看《長生殿》被革職外放後，縱情於詩酒之中，朱曾贈詩曰：「閒教花底安棋局，笑比紅兒狎酒人。」當時，朱也解職歸田，居於林下，築「娛老軒」，趙以「老為鶯脰漁翁長，閒上鴟夷估客船」之句贈朱，足見二人高致。

朱彝尊一生飽讀詩書，著作甚豐。除《經義考》二百卷外，尚有《明詩綜》一百卷，《詞綜》三十卷。又有文集《曝書亭集》八十卷，其中詩二十二卷，詞七卷，文五十卷，賦一卷。他的詞作雖不比詩多，但在詞壇地位卻很重要，與陳維崧齊名，各為婉約派和豪放派的代表。朱作婉約詞，這又與他的「經師」性格大相徑庭了。但他的詞確實很優秀，如一首〈解佩令〉云：

十年磨劍，五陵結客，把平生，涕淚都飄盡。老去填詞，一半是，空中傳恨。幾曾圍，燕釵蟬鬢？不師秦七，不師黃九，倚新聲，玉田差近。落拓江湖，且分付，歌筵紅粉。料封侯，白頭無分。

無論是從詞句、意象、情境上看，都不失為一篇佳作。

朱彝尊放誕不羈，不喜用常理來規範自己，他有一段刻骨銘心的婚外戀情，便大大超出常理的範疇。徐珂《清稗類鈔》記載：朱彝尊婚於馮氏，馮家世居碧漪坊，與朱宅相近。朱年輕時曾在馮家讀書，十七歲入贅馮家，但與小姨情意更篤。但家人防範甚嚴，此情難以傳達，直到小姨出嫁後，方得以經常來往。朱常假稱夫人之命召小姨前來。一天，相約待夫人臥後作深談，夫人風聞此事，竟先臥，次日晨，命老嫗將妹妹送回去。後數年，小姨竟因思念朱而死。

與小姨的這一段風流戀情激活了朱彝尊的青春，也激發了他的創作熱情，朱彝尊為妻妹作的詞委婉、細密、纏綿，如〈鵲橋仙・十一月八日〉一首，描寫初與妻妹接近時的心理感受：

一箱書卷，一盤茶磨，移往早梅花下。全家剛上五湖舟，恰添了個人如畫。
月弦初直，霜花乍緊，蘭槳中流徐打。寒威不到小蓬窗，漸坐近，越羅裙衩。

這「漸坐近，越羅裙釵」一句，比同是愛戀妻妹的李後主的「今宵好向郎邊去」要朦朧得多，含蓄得多了。

另一首〈摸魚兒〉寫若干年後，回憶到二人約會之後分別的情景：

粉牆青，虯簷百尺，一條天色催暮。洛妃偶值無人見，相送襪塵微步。教且住，
攜玉手，潛行莫惹冰苔僕，芳心暗訴。認香霧鬟邊，好風衣上，分付斷魂語。
雙棲燕，歲歲花時飛度，阿誰花底催去？十年鏡裡樊川雪，空裊茶煙千縷離夢
苦，渾不省，鎖香金篋歸何處？小池枯樹。算只有當時，一丸冷月，猶照夜深路。

愛一個人本來就很痛苦，而這種愛又得不到經常的傾訴，正常的抒發，痛苦的程度當更深沉。若干年後回憶起來，「春夢了無痕」，只剩「十年鏡裡樊川雪，空裊茶煙千縷」。

朱彝尊就是這樣一個人，他敢恨、敢愛，不惜衝破清規戒律的束縛去追尋他的所愛、他的所好。雖然他著有很多經史作品，卻難掩他身上那種「楚狂人」的瀟灑。這兩個特點在他身上相剋相生，互相補充，給朱彝尊的人格和詩詞增添了無窮的魅力。

屈大均「才名動九州」

明遺民號稱講究操守，但裡面又有許多言行明顯出格的怪人，這在很大程度上是明清鼎革之際強烈的精神刺激的結果。像歸莊那樣以罵世著稱的也只能算是普通的，更引人爭議的人物如屈大均，愈加的毫無顧忌，竟能做出敲詐銀兩的事情來。當時有個很有名的僧人號大汕，喜歡寫詩，又有許多資財，結果引起了屈大均的貪心。大汕仰慕屈大均的詩名，誠心誠意請屈大均幫他改定詩稿，哪裡想到屈大均會趁此機會將自己的作品偷偷塞進大汕的詩稿中間，還給大汕後又指責他竊取自己的詩作。屈大均威脅大汕要將此事張揚出去，目的在於勒索一筆不菲的錢財。而大汕偏又不願就範，在〈致大均書〉中說：「兄包藏禍心，於濂（大汕自稱）詩多所改易，將兄句為濂之句，自盜竊其詩以與濂，致陷濂於鈍賊而不知。」像這樣的事情實在沒法替他開脫。但屈大均在當時就有「才名動九州」（顧炎武語）之稱，又以遺民氣節自居，雖然清代的丁紹儀《聽秋聲館詞話》就說他的許多詩作如〈廣州弔古〉、〈猛虎行〉等「幾類醉漢罵街」，但清初有種奇怪的氛圍，士林攝於遺民的氣勢，似乎一切枝節問題可忽略不論，屈大均仍可穩坐清初詩人的頭幾把交椅。這種以政治立場評價詩歌品第的態度甚至延續到上个世纪中叶後，真是匪夷所思。其實平心而論，當時江左三大家中吳偉業和錢謙益且不必論，即便像曾身事三朝的龔鼎孳，其詩境之高蹈又豈是屈大均輩的「罵街」詩風所可比擬！只是屈大均有些詩確也有可圈點之處，再說他的交遊又極廣，是個對清初的文學風氣有影響力的人物，由他的身世又可具體分析到所謂「遺民」現象的另一面，這些都是很值得評說一番的。

屈大均（一六三〇—一六九六年），初名紹隆，字翁山，又字介子，廣東番禺人。他自稱是詩人屈原的後代，崇禎年間的諸生，明亡時才十五歲。屈大均的父親屈宜遇是個終生不仕的人，曾告誡他要「以田為書，日事耦耕」，但屈大均卻不能安心在家，順治六年（一六四九年）廣東曾暫時收復，永曆皇帝遷回肇慶，二十歲的屈大均跑到那裡，給永曆皇帝上了中興六大典書，永曆打算任他為中祕書，但因為父親有病相召，只得返回故里。但從此屈大均變得異常活躍，明亡的酷烈刺激著他的神經愈加興奮，四處奔走無有寧日。

順治七年（一六五〇年）三月，清兵再度包圍廣州，屈大均無法，竟跑到金甌山的海雲寺為僧，取法名為今種，改字作一靈，又字騷餘。但也有說他是後來在杭州雷峰削髮出家的。屈大均瘋瘋狂狂，把自己的住所名為「死庵」，大概是取萬念俱灰的意思。可惜名心未死，此後雖隱居在羅浮一帶，卻不能安心做和尚，總是窺測時變，以圖有所恢復。比較典型的例子是屈大均把一枚永曆的銅錢用黃絲線穿起來，用黃錦囊裝好，佩在肘腋間，以表示忠於明朝的意思。

明遺民中，做和尚的頗有一些，但許多人態度極不嚴肅，視佛門為逃難地和休養所，時刻躍躍欲試，有何信仰可言？方以智且不說，屈大均就在順治十三年（一六五六年）還俗為民，大概是耐不住佛門的寂寞吧！但從此假裝和尚，不再蓄髮，還作了〈藏髮賦〉、〈禿頌〉等和清廷相對抗。顧炎武有詩說他是「湯休舊日空門侶」，用的就是劉宋時詩僧惠休出家後又還俗的典故。這年他度嶺北遊，先去浙江，再去南京，哭了一番孝陵。兩年後他又北走京師，找到明思宗自縊的地方，痛哭不止。然後東出山海關，考察遼東和遼西的情勢，又在山東、江蘇、浙江一帶聯絡遺民，幻想有朝一日能一舉起事。隨後又到會稽暫住，和當時著名的反清志士魏耕共謀大計。這次是為鄭成功和張煌言合師進攻長江的軍事行動做內應。鄭成功部一氣打到南京城下，但終於又逃回海上。哪知清廷知道屈大均和魏耕都已參與其事，下令搜捕，魏耕被殺，而屈大均聽到消息倉皇逃竄，躲在桐廬很長時間，才算幸免於難。這一刺激非同小可，連驚嚇帶仇恨，百感交集之下，屈大均已誓與清朝不共戴天了。後來永歷被殺，他仍奉其正朔，並作詩以「留得冬青樹」自比。但屈大均的遊說與聯絡似乎全遭失敗。所謂人力抗不過氣數，而且新朝正呈現出蒸蒸日上的上升氣象，不服輸根本是不行的。

只是屈大均並不氣餒，復明的事業似乎已經成為他唯一的生命寄託。他又去過陝西，感到邊地統治比較鬆弛，是志士圖謀光復的一塊理想的根據地。康熙五年（一六六六年），屈大均在太原與李因篤、朱彝尊、王士禎、毛奇齡、徐乾學等人會面，其中李因篤成了他的好友。至於朱彝尊，早就仰慕屈的詩名，在屈大均未出嶺時，就將搜羅到的屈詩編傳吳下，在整個東南地區反響極大。這對於詩名不過庾嶺的嶺南詩人來說，實在是個例外。屈大均對此十分感激，曾有詩云：「名因錫鬯起詞場，未出梅關名已香。」這實在是把身外的「得名」之事看得很重了。太原會面之後，屈大均和李因篤一起再到陝西，恰好遇上一個名華姜的榆林女子，不僅漂亮，而且文武雙全，令屈怦然心動。華姜本是抗清殉節的明都督王壯猷的遺孤，由侯姓撫養成人。侯夫人有個弟弟任固原守將，和李因篤交好。李因篤一說，華姜就答應了，並說：「是隱君子也，無愧吾先將軍矣！」屈大均高興得很，寫詩道：「同棲紅翠三花樹，對寫丹青五嶽圖。」然後夫妻出雁門關，又見到了集資屯墾的顧炎武和傅山。此後從山西到京師，又去哭十三陵。第二年回到廣東家鄉。可惜華姜不適顛沛，不久就病死了。屈大均非常難過，寫了〈繼室王孺人行略〉，以示哀悼。

這以後就是吳三桂的反清，屈大均聽到消息又興奮起來，上書言兵事，吳三桂任命他在桂林做監軍。可是吳三桂所想豈能與屈大均相似！他最後只有托病回家，隨後就是清廷的追查，害得屈大均全家遠避南京，康熙二十一年（一六八二年）才返回故里，年已五十三歲。此時屈大均也漸漸悟到大勢已去，終於閉門不出，老死家中，一生種種奔波努力到此告一結束。

尤侗：真才子，老名士

歷代才子、名士中，能引起皇帝注意的人不在少數，但同時能被兩位父子皇帝青眼相加的怕就不多了。而尤侗便有幸成為這鳳毛麟角之一。清世祖順治對尤侗的一些文章非常欣賞，稱之為「奇文」，反復嘆為「真才子」。而聖祖康熙見到尤侗的名字，也由衷地說：「此老名士。」於是尤侗就刻了這樣一副對聯，寫道：「真才子章皇天語，老名士今上玉音。」

尤侗何以有如此的魅力呢？

尤侗（一六一八—一七〇四年），字同人，又字展成，號悔庵，亦號艮齋，晚年自稱西堂老人。尤侗是南宋著名詩人尤袤的後代，父尤瀹，明末為國子監生。尤侗二十歲時補諸生，以後則屢試不第。順治初年，以貢生謁選，除永平府推官，後因審旗人案被罷職，康熙十七年（一六七八年），選博學鴻儒，入翰林院修《明史》，在史館三年，而後辭歸，以著書自娛。

從尤侗的生平經歷看，並沒有什麼太過人之處，而與當時大多數才子都很相似：出身官宦世家或書香門第（多已沒落）；幼時極其聰穎，博聞強記；才華橫溢卻屢試不第；好容易做了官卻又因一些罪名被罷免；最後終老家中，以著書立說為業……幾乎形成了一套模式，尤侗也在其中。

但尤侗與眾不同的，是他詩文的風格：善作遊戲之文，言笑間不經意時輒成文章，卻從不作道學面孔，板起臉來教訓人。他的詩文常充滿了歡樂和幽默。博得順治皇帝拍案叫絕的便是他的遊戲文章〈臨去秋波那一轉〉，這「臨去秋波那一轉」本是《西廂記》中張生的一句唱詞，唱的是崔鶯鶯臨去秋波那一轉的令人心曠神怡，而尤侗卻把它用八股文的形式寫了出來，怎能不是一篇「奇文」？

尤侗善調侃，即使是與帝王巨公的文字來往也沒有什麼顧忌。尤侗有消渴症（即糖尿病），經年不癒。某王公貴冑派內侍送給他一些藥，尤侗作啟謝之曰：「臣風月膏肓，煙花痼疾，同馬卿之消渴，比盧子之幽憂。忽啟文魚，如逢扁鵲，贈之芍藥，投我木瓜。紫蘇與白芷同香，黃菊共紅花相映。猥雲小草，錫以上方，月宮桂杵，竊是姮娥。臺洞桃花，採叢仙女。一杯池水，堪資丈室之譚；半匕神樓，頓醒驚天之夢。肺腑銘篆，羊叔子豈有鴆人；耳目發皇，楚太子無勞謝客。謹啟。」正因為這段文字，差點惹惱贈藥者，認為「贈之芍藥」及「月宮」「臺洞」等句大不敬，並告訴了世祖，要求定他的罪。幸虧世祖比較開明和寬容，笑曰：「文人之文，興到筆隨，豈能有所顧忌。尤侗乃勝國遺逸，殺之不祥。」尤侗才免了一場大難。

尤侗有一段著名的〈十空曲〉，更能表現他的遊戲文字的風格：

一國三公，車馬長安殿閣中；鼎爵分班奉，金印輪流弄，白首戀鳴鐘，青山木拱。華表銘旌，斷送黃粱夢，君看蓋世功名總是空。

萬貫千鐘，篋蠹青蚨倉朽紅；合藥燒丹汞，掘土埋銀甕，金穴與陵銅，化成泥塚。雖有錢神難買南柯夢，君看敵國資財總是空。

北苑南宮，萬戶千門擬九重；金屋阿房衛，金谷天臺洞，臺榭土花封，牛羊丘壟。綺閣迷樓，也等華胥夢，君看甲第田園總是空。

翠翠紅紅，十二金釵列小童；綺席雲鬟擁，錦帳花心動，脂粉骷髏工，狐精賣弄。

雨散雲收，想斷巫山夢，君看絕世紅顏總是空。

弦索叮咚，絳蠟燒殘曲未終；鼓疊江南弄，簫吹秦樓鳳，輕盼白楊風，挽歌相送。子弟梨園，同入鈞天夢，君看大地音聲總是空。

熊掌駝峰，下箸千錢未足供；美酒金樽送，肥肉臺盤捧，殺氣滿喉嚨，請公入甕。逐鹿烹羔，變作芭蕉夢，君看飲食因緣總是空。

青母黃公，嫁女婚男風俗通；交頸鴛鴦衾共，繞膝烏衣從，分手各西東，主人翁仲。打散鴛鴦，驚破熊羆夢，君看眷屬團圓總是空。

繡虎雕龍，彩筆吟成萬卷工；獻賦長楊重，問字玄亭眾，何處哭秋風，淒涼文塚。一部南華，不過莊周夢，君看錦繡文章總是空。

豎子英雄，觸鬥蠻爭蝸角中；一飯丘山重，睚眥刀兵痛，世路石尤風，移山何用。飄瓦虛舟，不礙松風夢，君看爾我恩仇總是空。

擾擾匆匆，遮莫晨雞與暮鐘；梵唄無須唪，公案何勞頌，早覓主人公，風幡不動。放下機關，圓破蒲團夢，君看萬法無常總是空。

這「十空」看似信手拈來，隨意揮灑，形式自由，語言輕靈，卻把人唱得心也空，魂也空了。但云空未必空，「空」有時是用來安慰和調節人的心理的。尤侗雖把「十空曲」唱得痛徹心肺，卻仍做不到「目空一切」。畢竟他還是朝廷命官，幾千年遺傳下來的忠君思想促使他不由自主地憂國憂民。清開國時，達哈嘛與有功，於是專權放恣，輿論譁然，聖祖恆憂之。又滿洲親王貝勒都喜唱戲，某且供奉掖庭，交結官宦，為人買官缺。對此，尤侗常憂慮不已，於是作了一副對聯：

世界小梨園　率帝王師相為傀儡　二十四史　演成一部傳奇

佛門大養濟　收鰥寡孤獨為丘尼　億萬千人　遍受十方供給

對聯傳到聖祖耳中，遂把他召入大內問其出處，尤侗對曰：「『梨園小天地』，虞長孺語也。佛門者，朝廷之養濟院，陳眉公語也。」聖祖遂悠然心會，默然無語。

辭歸後，尤侗在家鄉過著悠然自得的名士生活，但這時也沒有忘卻皇恩。康熙遊江南時，他曾兩次接駕並獻詩，康熙晉昇他為翰林院侍講，並親題鶴棲堂匾額以賜。

尤侗一生著作頗豐，有《西堂全集》、《西堂餘集》、《鶴棲堂稿》、《西堂雜俎》等數卷。而尤以詩文著名。沈德潛在《清詩別裁》中讚其詩「誠天地間別開一種文字也」，

「少時專尚才情，詩近溫、李；歸田以後，仿白樂天」。且觀其〈題韓蘄王廟〉：

忠武勳名百戰回，西湖跨蹇且銜杯。
英雄氣短莫須有，明哲保身歸去來。
夜月靈旗搖鐵甕，秋風石馬上琴臺。
千年遺廟還香火，杜宇冬青正可哀。

這是憑弔南宋將領韓世忠廟的詩。詩中用典精巧自然，詞旨淺顯，竟真有白樂天遺風。尤侗還寫了傳奇一種：《鈞天樂》，雜劇五種：《讀離騷》、《弔琵琶》、《桃花源》、《黑白衛》、《清平調》。多取材於歷史故事或唐傳奇，曲辭典麗，用語嫵媚，非常動人，是案頭不可多得之書，只不太適於實際演出。這些劇作多是罷官後作，因此其中寄寓了很多感慨，如傳奇《鈞天樂》中寫科場事，主考何圖，諧音糊塗；三鼎甲即賈斯文、程不識、魏無知，而真正高才博學的沈白和楊雲反而名落孫山，後沈白終在天界中舉。在沈白的身上，就可以尋見尤侗當年的影子，因此當王漁洋贈詩給他時，他感動得泣下。下面引此詩，也可加深對尤侗的了解：

南苑西風禦水流，殿前無復按梁州。
淒涼法曲人間遍，誰付當年菊部頭。
猿臂丁年出塞行，灞陵醉尉莫相輕。
旗亭被酒何人識，射虎將軍右北平。

康熙四十三年（一七〇四年），八十七歲高齡的尤侗，帶著他的「老名士」的頭銜，向三生石上去了。

漁洋山人王士禎

院子裡有座新修的涼亭，眾人正團坐在裡邊飲酒賦詩。吟到高興處，一位清癯的老者站起身來，提筆揮寫起扇面來。眾人環繞過來，讚嘆之聲不絕。這位老者便是王士禎的叔祖王象咸，以草書著名於世。和他並肩而立的另一位老者是王士禎的祖父王象晉，明萬曆間的進士，在前明時候做過浙江右布政使，曾著有《剪桐載筆》和《群芳譜》。王象晉接過扇面玩賞了一番，也來了興致，便把包括王士禎在內的孩子們都召集過來：「我給你們出個對句，對得好的就把扇面獎勵給他！」他出的上聯是：

孩子們頓時陷入沉思，客人們好奇地期待著，原本熱鬧的院落一下子變得鴉雀無聲。只有王士禎略一思忖，便開口打破了這沉寂：

閑吟白也詩

王象晉聽後驚喜不已，連聲稱讚：「對得工致！實在工致！」客人們也紛紛頷首歎服少年王士禎敏捷的文思。這是順治初年的事情，當時王士禎只有十一歲。

王士禎（一六三四—一七一一年），字貽上，號阮亭，晚號漁洋山人，山東新城人。小時即靈悟不俗，以至有人說他的前身是高麗國王。他的長兄王士祿就極富詩才，有《十笏草堂集》行世。王士祿見他六歲時學《詩經》就能領會詩意，便讓他手抄韋應物、柳宗元等人的詩學習。兄弟間感情很深，用王士禎的話說就是「文章經術，兄道兼師」（〈書考功年譜後〉）。王士禎幼時就有〈落葉〉詩數首，表現出不凡的才華，中有「已共寒江潮上下，況逢新燕影參差」的詩句，又有「年年搖落吳江思，忍向煙波問板橋」之語，皆極感慨蒼涼之致。他十五歲時就有《落箋堂初稿》，由王士祿為之作序並代為刻印。順治八年，他得中順天鄉試，順治十二年中會試，因為喜歡古文詩詞，就沒有參加殿試。順治十四年八月，王士禎遊濟南，邀集諸名士於大明湖，在水面北渚亭中把酒高吟。繞亭楊柳千餘株，略染微黃之色，枝葉披拂水面，此次集會因之定名為「秋柳詩社」。王士禎即景賦〈秋柳詩〉七律四首，前面有〈小序〉，中有「僕本恨人，性多感慨。寄情楊柳，同〈小雅〉之僕夫；假託悲秋，望湘皋之遠者」等語，約略透露其心意。此處選錄其中兩首：

其　一

秋來何處最銷魂，殘照西風白下門。
他日差池春燕影，只今憔悴曉煙痕。
愁生陌上黃驄曲，夢遠江南烏夜村。
莫聽臨風三弄笛，玉關哀怨總難論。

其　四

桃根桃葉鎮相連，眺盡平蕪欲化煙。
秋色向人猶旖旎，春閨曾與假纏綿。

新愁帝子悲今日，舊事公孫憶往年。
記否青門朱絡鼓，松枝相映夕陽邊。

此詩很快傳遍大江南北，海內名士唱和者不計其數，一時成為文壇盛事。如冒襄、顧炎武、朱彝尊都有和詩，唱和的甚至有閨秀，多達百數十家。有人說此詩是王士禎在濟南遇見一個流落此處的南明福王宮中歌女鄭妥娘，傷感於青春的流逝，因此詩中頗有「白頭宮女說玄宗」的悵然。此說可能有些道理。不過明亡時王士禎畢竟只有十歲，對易代的苦痛少有銘心刻骨的激憤，而較多滄桑變幻的感慨，那是很自然的。後來有許多人以「帝子」、「王孫」等語作為證據，想將王士禎羅織入文字獄，結果廷議時以為穿鑿，將其駁回。汪琬《說鈴》中評價這四首〈秋柳詩〉「風調淒清，如朔鴻關笛，易引羈愁」，還是很精當的。但也有些人對〈秋柳詩〉不屑一顧，如朱庭珍《筱園詩話》以為它「不過字句修飾妍華，風調好聽而已。神骨不峻，格意不高。」沈德潛編《國朝詩別裁集》時竟將它棄置不錄，說它「不切題」。秉持肌理說的翁方綱也很不喜歡這幾首詩。我們說，如果擺脫詩學觀點的成見而公正地看待它，則蘇淵雷先生說它「以詩格論，真是漁洋全體披露、籠罩一切的傑構」，誠屬的論。此時的王士禎只有二十四歲，詩已卓然成家了。

順治十五年，王士禎進京補殿試，居進士二甲。次年揭選，授揚州推官。從此王士禎在揚州任職五年，平反冤案多起，結大案八十三件。揚州積欠賦稅二萬多兩，官府為此大肆捕人，牢獄皆滿，百姓為避禍只得逃往他處。王士禎見後嘆道：「此溝中瘠耳，雖日鞭扑，何益？」命令將牢中人犯全部釋放。他號召官員捐出俸祿，並勸商人也捐錢為民償稅，其餘的則上書請大中丞予以減免。他每天早晨坐堂審案，放衙後便召集客人飲酒賦詩。客人無不驚歎：「王公真天才也！」吳偉業甚至因他能「日了公事，夜接詞人」而將他比做東晉的劉穆之。這期間王士禎曾結交了許多詩人，包括脾氣古怪而隱於市井的吳嘉紀、孫枝蔚，都被他的謙虛和誠摯所打動。其實王士禎的文壇領袖地位這時已經得到了確認。康熙元年（一六六二年）的三月三日，王士禎與揚州的詩人名士在揚州虹橋行修褉之禮，並寫了冶春詞二首，眾人紛紛唱和，宗元鼎有詩：「五日東風十日雨，江樓齊唱冶春詞。」再度傳為文壇盛事。太湖中有座漁洋山，深得王士禎的喜愛。他為自己取的「漁洋山人」之號就是由此得名。

康熙三年王士禎被昇為禮部主事，後來遷到戶部郎中，這中間做過四川鄉試的主考官，還曾丁母憂歸，又補原職。這些都是部曹小官的苦差，比起揚州推官的灑脫生涯，實在是差得多了。但王士禎在京城詩名極高，以「豐神妙悟」著稱，大學士張英對他的詩極為推崇，並在入值南書房時在康熙皇帝面前說了王士禎的許多好話。康熙也聽說過王的大名，便召他入宮，出題面試。據說王士禎本來有「詩思遲滯」（《嘯亭雜錄》）的弱點，再加上緊張，一個字也寫不出來。張英見狀便為他代作一詩，團成紙團悄悄放在他的案邊。王士禎忙照著抄上交卷。康熙看後笑著對張英說：「人都說王詩有『豐神妙悟』，怎麼一點都看不出來，反倒詩風整潔，像是你的風格？」張英忙推辭說：「此詩乃詩人之筆，比我的詩強多了。」這樣，康熙就把王士禎調入翰林，使王成為清代由部曹而改任翰林的第一人。王士禎從此終生感激張英。同樣是因為緊張而無法運思成篇，吳兆騫因之流放邊地，而王氏卻幸運地得以高昇，這就不能不說是命運的力量了。

康熙十九年（一六八〇年），王士禎昇為國子監祭酒，此後官運亨通，在皇帝身邊侍講，又任編纂類書《淵鑒類函》的總裁，一直到康熙三十八年（一六九九年）昇任刑部尚書，時年六十六歲，到此時王士禎仍可謂仕途一帆風順。但他性情正直不阿，徐乾學曾經送來華貴的金箋，請他作阿諛之詩，為權相納蘭明珠獻壽，被他嚴詞拒絕：「曲筆以媚權貴，君子不為！」（王應奎《柳南隨筆》）結果康熙四十三年時，王士禎終以事被罷官。

關於王士禎的逸事極多，比如他的愛士就是出了名的。汪琬、朱彝尊、宋琬、施閏章、洪昇等人都與他有過唱和。據說康熙初年士子挾詩文入京城，必定先投龔鼎孳，再分別投往時任戶部主事的汪琬、時任吏部郎中的劉體仁和時任禮部主事的王士禛。詩人陳維崧的弟弟陳維岳初到京師，也照習俗準備好了三份詩文。有朋友說：「我可為你預測結果：汪琬讀後一定會找出瑕疵批駁一番；劉體仁一定稍一瀏覽就扔在一旁，不置可否；而王士禛定會從中找出警策之句褒揚一番。」後來結果真就恰如此說，一時傳為笑談。由此也可想見王士禛對後生的大力提攜。但王士禛的官越做越大，普通士子要想見到他也並不容易。有人探聽到王士禛愛書，每逢慈仁寺廟會必到那裡的書攤「淘書」，就專門等在那裡，把詩遞到他的手上。對王士禛的這種「獎引氣類」（王士禛《香祖筆記》）的精神，好友施閏章曾經提出異議：「你這樣表獎後生，自然是美德，可是年輕人學問文章都還沒有什麼成就，得到你的一句誇獎，就自詡為名士，不再虛心請教學習，你這不是害了他們嗎？」其實王氏對後進的「獎引」也並不是沒有分寸的。錢謙益的孫子錢錦城，從小就有詩才，曾拿著詩集一卷到京城請王士禛指正。王士禛見到詩集前面有錢家的一位布政使所作序言，就說：「錢家而今還有才子錢陸燦在，卻請布政使作序，這是以爵位看人啊！可見其詩格調必定不高！」說著便把詩集擲到一邊不看了。王士禛去世後，他的門人私下給他定謚號「文介」，便是總結他的剛介性格而言，聞者無不讚同。

王士禛作詩標舉「神韻」，其實是對司空圖的「遠韻」和嚴羽「妙悟」的綜合。因為清初詩壇對明代前後七子的「膚廓」之病正深惡痛絕，「神韻」說的提出實在正當其時。王士禎在揚州時曾選唐人絕句而編《神韻集》，晚年又編《唐賢三昧集》，推崇王維、孟浩然和韋應物，而把李、杜、韓、白關在門外。由此可知他的「神韻」說是以空靈淡遠的詩風為宗尚的，所謂「味外之味」大概就是指的這種含蓄深蘊的詩風吧。當時詩壇領袖錢謙益對他的詩論頗為欣賞，曾以「與君代興」之語相期；康熙皇帝甚至手書一副堂聯贈給他：

煙霞盡入新詩卷

郭邑間開古畫圖

此聯意境頗得「神韻」義諦，王士禎自然感激不已。

花不可以無蝶，山不可以無泉，石不可以無苔，水不可以無藻，喬木不可以無藤蘿，人不可以無癖。

同樣，清言小品不可以無《幽夢影》，清言大家不可以無張潮。

張潮，字山長，號心齋，新安（今安徽歙縣）人，生於順治七年（一六五〇年），卒年不詳。張潮出生在一個書香門第，父張習孔，曾任刑部郎中、山東督學僉事。善詩，與當時著名文學家周亮工相交甚厚，著有《詒清堂集》、《雲谷臥餘》等作品。張潮受父親的耳濡目染，自幼刻苦習文，長進飛速。但由於他常在文學上標新立異，不落俗窠，對八股科制很不滿，而終科場不利。自康熙十年（一六七一年）起，一直僑居揚州，廣交同好，以讀書、著述自娛。康熙三十年援例捐納京銜，以歲貢生授翰林院孔目，但未赴任。張潮四十九歲時（一說五十歲）遭難，具體原因無從查考，似乎是受一事件牽連，更遭某「中山狼」誣陷，備受冤屈。康熙四十年，復遭不幸，無力刊行其著作，貧病交加而卒。看來不只是紅顏薄命，多情才子亦薄命！

張潮一生著述頗豐，其主要作品有《心齋詩鈔》、《心齋聊復集》、《酒律》、《玩月約》、《貧卦》、《花鳥春秋》、《花影詞》、《幽夢影》等。輯有文言短篇小說集《虞初新志》，還主持編輯刊印了《昭代叢書》和《檀幾叢書》。其中多寫一般士大夫認為不登大雅之堂的文字，對小說、戲曲、民歌、小品文及其他雜著有濃厚的興趣，自稱「平生無所嗜好，唯好讀新人耳目之書」耳。

張潮生在那個崇尚性靈，個性自由舒張的年代，他對前朝袁宏道、陳繼儒、湯顯祖、屠隆等人非常敬慕，晚明小品文的輕靈纖巧深入他的文心。張潮性情曠達，交友很廣，與他交往的前輩文人有黃周星、冒襄、余懷等，同輩好友有孔尚任、王晫等，晚輩張竹坡也與他相交默契。這麼多詩意的人在一起唱和酬答，詩酒往來，彼此愉悅心性，實是一大快事，也促使張潮的人格和文格的成型和成熟。

清言神品《幽夢影》該是張潮的力作。這是一部以文藝格言為主的筆記隨感小品集，共收錄格言、箴言、哲言、清言、韻語、警句、語錄二百一十九則，內容精彩深邃，行文灑脫輕妙，意境清新雋永，在歷代文人心中都引起了強烈的共鳴。有人稱之為「快書」、「趣書」，有人說其「所發者皆未發之論，所言者皆難言之情」，很多人紛紛為其作序、題辭。甚至朱錫綬還寫了《幽夢續影》，現代的林語堂先生在《生活的藝術》中寫道：「這一類的集子（指文藝格言集）在中國很多，可是沒有一部可和張潮自己所寫的比擬。」可見《幽夢影》在人們心中的位置。

《幽夢影》究竟有何魅力，引無數文人為之拍案叫絕，低吟淺唱呢？不妨先欣賞一下其中的佳句：

樓上看山，城頭看雪，燈前看月，舟中看霞，月下看美人，另是一番情境。

美人之勝於花者，解語也；花之勝於美人者，生香也。二者不可得兼，舍生香而取解語者也。

聞鵝聲如在白門，聞櫓聲如在三吳，聞灘聲如在浙江，聞騾馬頷下鈴鐸聲如在長安道上。

雲之為物，或崔巍如山，或瀲灩如水，或如人，或如獸，或如鳥毳，或如魚鱗。故天下萬物皆可畫，惟雲不能畫，世所畫雲亦強名耳。

這些語句清新雋麗，辭義風流宛轉，彷彿作者就是它們的朋友：雲、花、草、雪、月、霞、美人皆可做知音，與它們對話，當有無限的情趣。

《幽夢影》中還有勸誡的言語，或論文武，或品炎涼：

武人不苟戰，是為武中之文；文人不迂腐，是為文中之武。

情必近於癡而始真，才必兼乎趣而始化。

延名師訓子弟，入名山習舉業，丐名士代捉刀，三者都無是處。

多情者必好色，而好色者，未必盡屬多情；紅顏者必薄命，而薄命者，未必盡屬紅顏；能詩者必好酒，而好酒者，未必盡屬能詩。

凡此種種，當是張潮有親身的體驗，不身臨其境，則無法寫出如此親切、透徹、善解人意的文字來。

如此神妙文字，引得許多人爭相作注，這些註釋並非一般的解釋，而是浸透了譯者對張潮的理解，對文字的感悟。

賞花宜對佳人，醉月宜對韻人，映雪宜對高人。

對此語，多人都有詮釋。余淡心曰：「花即佳人，月即韻人，雪即高人。既已賞花、醉月、映雪，即與對佳人、韻人、高人無異也。」江含徵曰：「若對此君仍大嚼，世間哪有揚州鶴。」張竹坡曰：「聚花月雪於一時，合佳韻高為一人，吾當不賞而心醉矣。」如果說張潮的文字字字珠璣，聲聲泣血，這些知己的鑑賞該也能引得人清淚橫流吧！

余淡心〈幽夢影序〉中說道：「其《幽夢影》一書，尤多格言妙論，言人之所不能言，道人之所未經道。展味低徊，似餐帝漿沆瀣，聽鈞天廣樂，不知此身之在下方塵世矣。」楊復吉的〈幽夢影跋〉中亦寫道：「……洵翰墨中奇觀也。書名曰夢曰影，蓋取六如之義，饒廣長舌，散天女花，心燈意蕊，一印印空，可以悟矣。」這些都是與張潮相交契闊、心意相通的言語。

一本好書，當如春花秋月、如空谷幽蘭、高山積雪，品玩不盡。任何介紹性的文字都只能是塊「磚」，作者拋出這塊「磚」，讓聰慧的讀者自己去尋找那書頁中的「美玉」吧！

顧貞觀的〈金縷曲〉佳話

人生難得風雨故人來，患難之中的真情誼往往會演繹成傳世的佳話。清代極負盛名的詞人顧貞觀（一六三七—一七一四年），雖然單憑他驚人的才華就足以使後人傾倒，但更因著他的俠肝義膽，人們在對之無限景仰傾慕的同時總是懷有一種充滿溫情的感動。他的〈金縷曲〉佳話也在彼此相輕的士林風氣中顯得卓然不群，格外亮麗。時光漂洗消磨了歷史的舊跡新痕，但斯情斯誼卻瑩潔如初，愈久愈醇。

在詩人會因吟誦了「清風不識字，何故亂翻書」的句子而掉腦袋的清朝，以蠻夷入關的愛新覺羅氏的最高統治者們對中原文化都格外地敏感和關注，即使被史家譽為開明聖君的康熙皇帝也不例外，故而文人們的日子較之以往的朝代越發地不好過了。文人們最怕的就是與文字獄沾邊，一不小心可能就會遭至滅頂之災，甚至即使加倍小心也還是會被捲入令人談虎色變的文字獄渦流。這些文人所遭到的懲罰是極其無情和殘酷的，儘管災難降臨得可能有些莫名其妙。

曾與顧貞觀齊名詩壇、並稱「二妙」的吳江才子吳兆騫（一六三一－一六八四年）就成了清廷首次向中原文士發威的犧牲品。吳兆騫字漢槎，幼年時便因出色的才情而蜚聲故里。順治十四年，他躊躇滿志地赴順天府應鄉試，一舉得中舉人，如花似錦的前程已經順應人願地在眼前鋪展開來。然而平地裡風波起，兩位主考大人左必蕃、趙晉被人告發，丟掉了性命，得中的舉人們自然也成了嫌疑分子，他們被集中到氣氛森嚴的殿廷複試，旁邊站立著兩名手執大刀，充滿殺氣的兵士，誰還能有從容行文的心境，才華橫溢的吳兆騫最後交上的是空無一字的白紙。這還了得，於是龍顏震怒，吳被遣成塞外冰天雪地的寧古塔，一去二十三年，從青春到白頭，一個詩人生命中的黃金歲月，就這樣被消耗在漫漫風雪之中。此即為有名的「江南科場案」。

流放，在當時是比較嚴酷的重刑之一，東北尚是未被開發的蠻荒之地，寒林漠漠，虎豹橫行，被流放的人多半在路上便受盡折磨而死，能活著到達目的地就算不幸中的大幸。但生者所面臨的，是更加苦不堪言和漫漫無期的磨難，一如吳梅村在〈悲歌行贈吳季子〉中所言：「山非山兮水非水，生非生兮死非死。」

清代株連之風最盛，對於被禍的人，人們一般是唯恐避之不及，但作為詩人生平摯友的顧貞觀卻不然，他一方面為好友無辜受累而憤憤不平，一方面深知江南才子的文弱之軀怎堪酷寒的侵凌，於是為營救老友百般呼籲，多方奔走。但如此干係重大的事，沒有通天本領的人誰敢輕易應承，因此縱使達官貴人們同情吳的遭際，感於顧的義氣，但也只得紛紛表示愛莫能助。此時唯有權傾朝野的「相國」納蘭明珠能促成此事，彼際顧貞觀因才名而深受明珠賞識，是納蘭府的上賓，且與明珠的長子——因《飲水詞》而名滿天下的納蘭容若相交極厚。他於是求之於納蘭容若，但此事實在非同小可，公子容若也不敢輕易答應。顧貞觀無奈之下拿出自己因思念塞外老友吳漢槎的兩首詞給納蘭公子看，這兩首詞就是著名的〈金縷曲〉：

季子平安否？便歸來，平生萬事，那堪回首。行路悠悠誰慰藉，母老家貧子幼。記不起，從前杯酒。魑魅搏人應見慣，總輸他，覆雨翻雲手。冰與雪，周旋久。淚痕莫滴牛衣透，數天涯，依然骨肉，幾家能夠？比似紅顏多命薄，更不如今還有。只絕塞，苦寒難受，廿載包胥承一諾，盼烏頭馬角終相救。置此後，君懷袖。

我亦飄零久。十年來，深恩負盡，死生師友。宿昔齊名非忝竊，試看杜陵消瘦，曾不減，夜郎潺愁。薄命長辭知己別，問人生，到此淒涼否？千萬恨，從君剖。兄生辛未吾丁丑，共此時，冰霜摧折，早衰蒲柳。詩賦從今須少作，留取心魂相守。但願得，河清人壽。歸日急繙行戍稿，把空名料理傳身後。言不盡，觀頓首。

兩詞純以心血性情寫成，全無半點敷衍人事的雜質。聲聲關切聲聲悲，充溢著感天動地的至情。同是性情中人的納蘭容若讀後聲淚俱下，評價說該詞足以同西漢李陵訣別蘇武的〈河梁詩〉和魏晉向秀的〈思舊賦〉齊名，並稱世間生離死別的三篇傳世之作。並對顧貞觀所求之事慨然允諾：「此事三千六百日中，弟當以身任之，不俟兄再囑也。」但顧貞觀擔心飽經摧殘的老友已無法再耐得十年的風霜，遂苦求以五年為期，容若含淚應允。男兒膝下有黃金，尤其文人，更把尊嚴看得比性命還重，但為了營救吳兆騫，顧貞觀竟在納蘭明珠面前長跪不起，真摯的友情終於感動了這位當朝太傅，答應為之盡力。

在納蘭父子的大力斡旋和眾多文士的鼎力協助下，五年之後，吳漢槎終於從冰雪絕域生入玉關，在眾多流放者當中有此幸運的，只他一人而已。在接風宴上，他的朋友感慨地吟詠道：「廿年詞賦窮邊老，萬里冰霜匹馬還。」數百年後的今日，仍可從這兩句詩中想像出，那該是一種怎樣悲喜交集的場面。

吳漢槎當時澎湃的心情已無法查知，但據記載，吳兆騫竟得生還後，曾到過納蘭容若的府上，見到一間屋子的牆壁上寫著幾個大字：「顧梁汾（即顧貞觀）為吳漢槎屈膝處。」吳兆騫不禁痛哭失聲。或許，在無辜獲罪，皇帝一聲怒令下達時，他不曾哭過；或許，在流放坎坷而艱苦的恐怖長途中，他不曾哭過；或許，在酷寒難當、生存環境惡劣的絕地寧古塔，他也不曾哭過。但斯時斯地、斯情斯景，面對如此一份驚天地泣鬼神、深重到讓脆弱善良的心靈幾乎無法承受的珍貴友情，他任由熱淚奔流，激動的情腸使得所有表情達意的文字都顯得蒼白無力。

顧貞觀這一曲，譜出了足令萬世動容的俠義情腸；顧貞觀這一跪，跪出了堪為千秋表率的忠烈肝膽。

風流儒雅的詞人納蘭性德

填詞作為文人的一項雅事，在宋代發展到了全盛狀態，但盛極必反，文弱書生們將之揮灑到了極端之後，長短句便因過分地流於纖巧感傷迷離而日趨衰微，在元、明兩朝已是一蹶不振。到了清代，聲勢漸弱的詞又重新流轉出崛起的跡象，且面目煥然一新，頗有舊瓶裝新酒的意味。這與滿族的民族特點不無關係。滿族是塞外黑土上的土著，惡劣的生存環境反而造就了這個民族旺盛強健的生命力。當騎射健兒們接觸到了中原文化，立刻為它深悠醇厚的魅力所傾倒，他們迅速融入其中並在這個本已五色繽紛的舞臺上作了毫不遜色的精彩表演。同時滿民族的特點和心理傳統又使他們沒有迷失在迷宮般的中原文化中，民族的生命力造就了滿族詞人與眾不同的風格。

談到滿族的詞和詞人，就不能不提到納蘭性德（一六五四－一六八五年）。納蘭性德本名成德，字容若，號糲伽山人，是滿洲正黃旗人，他的父親納蘭明珠是權傾朝野的武英殿大學士，深受當朝皇帝的寵信。明珠本人很有才學，又頗好延交文人雅士，在他的家裡，清雅的文士往往被奉為上賓，極受優禮。作為明珠長子的納蘭性德自幼便薰沐在這樣一種風氣中，自然深得父風，出落得俊朗清秀、風流儒雅，更以才名、義名博得天下盛譽。

納蘭性德的詞風獨成一家，其來有自。我國近現代之交的著名學者王國維在他的《人間詞話》中給了納蘭性德以極高的評價：「納蘭容若以自然之眼觀物，以自然之舌言情。此由初入中原，未染漢人風氣，故能真切如此。北宋以來，一人而已。」唐宋之際能以長短句寥寥數十語淋漓盡致地表達自己的一生感遇和心靈深處的深哀巨痛的，莫過於南唐李後主。李煜正是納蘭容若最為崇尚的詞人，二人性情也頗為相近，納蘭的命運雖不曾李煜那般大起大落，跌宕起伏，但他們心靈的敏感、性情的率真以及逼人的靈氣卻幾乎如出一轍。故而納蘭性德也深得李後主語出天然、自然率真詞風之三昧。

納蘭性德的詞以哀感頑豔而動人，真切入微，常於春花秋月之夕引起人們悲情的共鳴。但一個生活優越的貴族公子從何而來這樣寥落廓朗的愁思呢，彷彿獨得茫茫宇宙中亙古恆常但微縱即逝的玄機。他自幼聰明機敏，有過目成誦之譽，且少年得志，「十七歲為諸生，十八歲舉鄉試，十九歲成進士，二十二歲授侍衛，擁書萬卷，蕭然自娛，人不知為宰相子也」。性德又從不因家世清貴、自負奇才而驕人傲人，常對有才的直士、貧士鼎力相助，以朋友之務為己任，當年顧貞觀以吳兆騫事相求，納蘭感於其義，決心排除萬難玉成其事，並允諾為吳奔走的十年之內還負責他十年的家用，其肝膽瀝瀝可鑑。士林中一大批優秀的人才傾慕他的才華和人品而環擁在他的周圍，不得志的文人也往往依附於他。占盡了天時、地利、人和，他本可優游於士林之中，無憂無慮，甚至很可能入了紈綺一道，但容若的詞卻幽怨淒黯，讀之令人傷情斷腸。這固然與他愛妻早逝的愛情悲劇有關，更直接的原因還是他生就了一顆多愁善感、敏感通幽的性靈之心。臨風灑淚、對月傷情，天性使然。

人間最苦是情種，過於重情的人往往容易被一個「情」字摧折心神，一生孤鬱，如喪妻後終身不復再娶的傅青主，如為情而死的蔣春霖，皆是此中人。情深之至轉恨多情，正是由於陷於情迷於情自知卻不能自拔。詞人納蘭性德更有「人到情多情轉薄，而今真個悔多情」的深刻而獨特的體驗和感悟，他的愛情悲劇堪稱千古絕唱。

納蘭性德「天分絕高」，作詞「純任性靈」，這與他豐富真摯的情感和多思善悟的心靈不無關係。花凋柳殘、秋風落葉，無不能拂動他纖弱脆敏的心弦，演奏出哀婉淒絕的心聲。他重親情，重友情，同情弱者，傾力扶助落拓之士，他對愛情的忠貞則是情中之情。

青年納蘭性德的生活幾乎是完美無缺的。顯赫的家世，家族的希望，父親的掌上明珠，皇帝的一等侍衛，文士中的眾星所捧之月。本人風神超逸、品度雍容、才華絕世，令人疑為神仙中人。

納蘭二十一歲時初娶大家閨秀盧氏，這是一個圓滿得令人豔羨的愛情佳話。盧氏儀容秀美，風致嫣然，不但德、言、容、功皆備，而且頗有詠絮之才。新婚之夕，二人一見鍾情，從此異常恩愛親敬。然而這對金童玉女式愛情童話中的男女主人公卻既未能如西方模式中那樣「生活在一座美麗的城堡裡，直至白髮千古」，也未能如傳統的東方模式中那樣「如影隨形，終生廝守，做一對神仙眷侶」。夫妻二人都有著不食人間煙火的氣質，但卻無法擺脫十丈輕軟紅塵，過那逍遙自在、超凡脫俗、餐詩飲賦的日子。貴族家庭給了他們無限的榮華，同時也束縛了他們的自由天性。滿族大家庭中的長門少奶奶可不是好當的，非有三頭六臂、七竅玲瓏心如賈府的王熙鳳是決難應付自如的，而自恃精明強幹的王鳳姐終於也只落得個心力交瘁，何況資質柔弱，只宜於閒臥閨中賞月吟花的盧氏。這位少女不得不年年月月為各種瑣屑的家務事勞心勞力。本來還可以聊以自慰的是終於「廝配得才郎仙貌」，深情款款的納蘭容若使她無怨無悔。納蘭也深有同感，從此將一世癡情寄予給愛妻盧氏，他們都是彼此愛情陽光下的唯一沐浴者。但納蘭性德身為一等侍衛，公務累身，要時常隨王伴駕，自然不能與妻子朝朝暮暮相守於閨中，有時二人竟然經月不得一見。辛勞的家事和寒夜獨挑銀燈的淒苦相思，使盧氏悒鬱成疾，結縭僅三載，一點凝靈，便魂歸離恨天。康熙十六年（一六七七年）的夏日，納蘭生命中最明媚燦爛的太陽隕落了，盧氏的亡故對他來說是致命的打擊。痛失佳偶是導致他英年早逝的一個重要原因。富貴榮華，終於無奈死神何，納蘭從此生活在對亡妻的深深懷念與追憶中，為之傾盡情淚。同年，他的父母深知愛子性情，見兒子迷於深情不能自拔，日復一日哀毀骨傷，長此以往，恐有不測，於是強迫納蘭性德迎娶吳興名媛沈宛。沈宛字御蟬，也是位才貌雙絕的女子，只無奈納蘭的一腔纏綿情思全都傾注在亡妻身上，再也分不出半點心力移情於她。這位沈宛後來終遭休棄。她心中固有無限哀怨，但也只能顧影自傷，別無他計。

傷痛欲絕的納蘭性德為盧氏寫下了大量的悼亡詞，篇篇心血，字字情淚，是詞壇上的上乘佳品。詞人在妻子生前已是關愛備至，但到此仍「只向從前悔薄情」，為亡妻題照時忍不住含悲吞聲，企望「憑仗丹青重省識」，但卻「一片傷心畫不成」，愛妻「盈盈」豐神豈是人間技法所能描摹的？「卿自早醒儂自夢」，傷感的詞人竟由痛惜亡妻進而全面否定了人生和現實。

康熙二十一年（一六八二年），清聖祖玄燁前往長白山祭祀，作為侍衛的納蘭性德自然得從駕隨行，朔風呼嘯的北行途中，他寫下了那首有名的懷鄉小令〈長相思〉：

山一程，水一程，身向榆關那畔行，夜深千帳燈。風一更，雪一更，聒碎鄉心夢不成，故園無此聲。

小令的特點便落在「小」上，故詞人們往往用它來抒發些晶瑩輕靈的心曲。而馭詞高手納蘭性德卻在這則精短的小令中描繪了「夜深千帳燈」的宏大場面，千帳燈火，風雪漫漫，更平添了身在異鄉的迷離哀愁。鄉心聒碎，無限的淒清與蒼涼，盡付與榆關那畔廣袤深杳、不可測知的夜空中。出語自然質樸，正應了那句「清水出芙蓉，天然去雕飾」。臥於塞外荒野的帳中，聆聽天籟，歸夢難成，一則短令中構建了一個多層次的心靈世界，詞風自成，令人難以望其項背。

納蘭詞雖清新雋秀、自然超逸，但多傷情憶語，別有一種令人不忍卒讀的淒婉，是第一流的婉約文字。他的豪放詞雖只是偶見一二，但其剛健豪邁卻並不遜色於東坡、稼軒。〈金縷曲・贈梁汾〉是納蘭贈給好友顧貞觀的詞作，其中豪氣畢透，為時人「競相傳寫」：

德也狂生耳！偶然間，緇塵京國，烏衣門第。有酒惟澆趙州土，誰會成生此意？不信道，遂成知己。青眼高歌俱未老，向尊前，拭盡英雄淚。君不見，月如水。

共君此夜須沉醉。且由他，蛾眉謠諑，古今同忌。身世悠悠何足問，冷笑置之而已！尋思起，從頭翻悔。一日心期千劫在，後身緣，恐結他生裡。然諾重，君須記。

詞人視貲財富貴為過眼浮雲而以友情為重的磊落肝腸躍然紙上。爽透直率，令人神交之意頓生。一掃文人贈友詞的低迴淒迷之風。然而詞中的「後身緣、恐結他生裡」被時人看做不祥之兆。顧貞觀的答詞裡也有「託結來生休悔」的句子，果然一語成讖，一年後，納蘭性德以三十二歲的華年撒手人寰。他的友人們心摧欲絕，總認為他的一點精魂是不會散去的。納蘭死後，痛失知音的顧貞觀黯然歸鄉。一夜，納蘭入夢，傾訴了戀戀不捨之情。此夜，顧的愛姬生了一個兒子，顧貞觀急忙看視，小嬰兒清秀的眉目竟同納蘭性德一般無二，心中頓悟是納蘭後身。嬰兒滿月後，梁汾又夢見納蘭前來作別，驚痛而醒，立刻詢問，得知小嬰兒已死去了。碌碌紅塵，到底留不住這位來去匆匆的才子。然「此身雖異性長存」，他的詞仍以真摯的情感滋潤著世人的心靈。

記錄民風的市井士人張岱

行走在明末清初時節的江湖，撲面而來的是一如所有改朝易代之際的紛亂飛揚的氣息。在烽煙四起和民不聊生的世情兩端，一邊是「忽喇喇似大廈將頃」，另一邊是「天已降大任於斯人也。」王氣黯然而收的明王朝猶在醉生夢死，而獨邀天寵的愛新覺羅部族早已磨刀霍霍，一個王朝的衰世圖景與另一個王朝的初代氣象微妙而又不容置疑地交疊在一起。歷史注定要在這裡挽下一個奇異的情結，繁華的沒落與榮光的幻滅中，明王朝的上層與下層承擔著同一種命運，也呼吸著同一種亦甜亦腥的空氣。此時江湖上文人們的歌吟，也附麗著一種別樣的風情。江山代有人才出，在亂世的十字街頭，走來了磊落清雅、霽月胸襟的張岱（一五九七—一六八九年）。

張岱是出身豪門的貴公子，當亂世的浮光掠過，他已成長為一個地地道道的市井士人，在蒼涼時世中獨樹一幟，領袖群倫。

井中風氣亦然，士風與民風在這個特殊的歷史時期覓到了最佳的契合點，達到了前所未有的暗合與溝通。古來便自詡清高、傲視庸民，視萬般皆為下品的書生相公們此際浸染在世風的溫情與明媚中，在以寄情山水為日常課業的生涯中，在繁華籠罩下的都市人情中，文人們的胸中點墨也日漸染上了溫潤的紅塵氣息。固然這曇花一現的榮華幕後便是狼煙滾滾，但歷史興亡早已昭示人們，王朝可以有更迭往復，而一個人的一生卻只能有一次，因此他們忘乎所以地任情任性著。故而晚明的市井竟熱鬧非凡，不協調地洋溢著窮歡極樂的盛世氣息。

張岱，字宗子，紹興望族的嫡長子，幼有補天之才。其家累世學者，張岱這樣一個聰敏絕頂的神童也自然而然地出落成為性情中人。張岱雖也被家族寄予了建「千秋之業」的厚望，他本人也曾有過一鳴驚人、鴻鵠展翅的理想追求，但家中滿蘊著自由寬厚意味的文藝傳統和新的啟蒙思想的衝擊使得他注定不會成為一個急功近利之徒。應試失意之後，他沒有像范進那樣屢敗屢戰，在乏味的八股文字中耗盡自己的青春歲月，而是毅然捨棄了這條人們孜孜不倦、前仆後繼經營了千百年的科舉道路，轉而用畢生精力去追求生命中真正有價值的東西。可見張岱並未受到太多的科舉之累，在年少時節，他除了盡情發展文學才華之外，便一如所有出身名門望族的紈絝子弟一樣，徜徉在世俗的享樂與精緻的淘氣中。梨園、鼓吹、古董、花鳥等紈綺子弟中流行的雅緻的諸般愛好，他無不精通博知，堪稱行家裡手。同時他游刃有餘地穿梭在市民社會中，遊山玩水的嬉旅生涯更是使他熟稔熙熙攘攘的眾生，了解世俗風情和市井人物，在他們的喜、怒、哀、樂中深入到市民階層的思想和精神。

張岱結交了許許多多的市井朋友，他的交友原則是：「人無癖不可與交，以其無深情也；人無疵不可與交，以其無真氣也。」他的朋友來自三教九流，官吏、文士、工匠、伶人，甚至和尚、道士、妓女、童僕，皆是各行各業中有高風亮節的奇才異志者。廣泛的交遊，獨特的藝術天賦，張岱在達到物質與精神雙重享受的制高點的同時，博採眾長，形成了自己富有靈氣和情性的藝術風格，逐漸完成了由貴公子到市井士人的過渡。

國亡家破的大命運完成了對張岱的最後推動，他真正淪為市井中的一員，他的情感體驗也更為真切深入。在傳世名作《陶庵夢憶》中，張岱舒展開市井風情畫卷，山川、人物、風俗、方物，文雖精短，情卻深遠，充滿了無限的追懷與感傷。他以「奇情壯采」追憶著，元宵的張燈，清明的踏青，端午的競渡，市井中種種可敬可愛的人物……它們象徵著美好的往昔。在〈揚州清明〉中，張岱描繪了一幅空巷遊春，「舒長且三十里」的踏青盛景：

長塘豐草，走馬放鷹；高阜平岡，鬥雞蹴鞠；茂林清樾，劈阮彈箏。浪子相撲，童稚紙鳶，老僧因果，瞽者說書，立者林林，蹲者蟄蟄。

一支生花妙筆，寫盡了人世間清媚的歡樂，安詳與繁榮。三月的晴空，芳草芊芊，綠野長舖，春光四溢，平民百姓的極致追求莫過於開平的世道裡這樣一個美好的春日。極短的一段文字，已隱隱透射出張岱年少時的身影。這樣輕朗愉悅的清明時節，有什麼人會不悠然神往呢？而這樣的美好時光的永遠幻滅，有什麼人會不黯然銷魂呢？

張岱本人極喜熱鬧繁華，他筆下的民俗中也籠罩著一層溫馨的、歡悅的、令人如醉如狂的輕煙。他對當時追求物欲享受的風俗習氣積極地肯定和支持。他曾在〈張燈致語〉中號召人們「三生奇遇，何幸今日而當場；百歲難逢，須效古人而秉燭」，理由是「莫輕此五夜之樂，眼望何時；試問那百年之人，躬逢幾次？」頗有人生得意須盡歡的灑脫，熱情地讚頌和肯定人們喜好娛樂的自由天性。他的整個身心都貼近了市井。

妓女是三教九流中的最底層人物，歷來是文人狎嬉的對象，而張岱卻充滿敬重與傾慕地描寫了勾欄名妓王月生：

……矜貴寡言笑，女兄弟閒客多方狡獪嘲弄噱侮，不能勾其一粲……南京勛戚大老力致之，亦不能竟一席……月生寒淡如孤梅冷月，含冰傲霜，不喜與俗子交接，或時對面同坐起，若無睹者。

這位我行我素的煙花女子深為張岱欽佩，後又為其賦詩云「狷潔幽閒意如水」，「餘惟對之敬畏生」。張岱對其筆下形形色色的市井人物有種種不同的描寫，但對他們人格的尊重和才華的欽敬卻是一個共同的基調。

繁華過後成一夢，但正因為這個夢太完美、太綺麗、太絢爛、太理想，所以張岱對於他的夢境得以寄生的時代也就永遠不能忘懷。市井之奇妙種種構成了他繽紛的夢境，流離後的他真正歸於市井，於此中追憶前塵。是耶？非耶？似夢？非夢？多少蒼涼的心曲，藉著山川日月、風俗景致，於閒閒的筆調中蜿蜒繞來。

《長生殿》：洪昇曲終人不見

在清初劇壇，浮起兩顆耀眼的明星，那就是被稱做文壇「雙子座」的「南洪北孔」——洪昇和孔尚任，他們分別以一部力作《長生殿》和《桃花扇》奠定了他們在文壇的地位。其中的《長生殿》比《桃花扇》還要早十年。洪昇一生衷情於《長生殿》，為之魂牽夢繞、反復增刪，歷時十五年方最後定稿。而後又因此書而獲罪下獄，「可憐一曲《長生殿》，斷送功名到白頭」。最後洪昇的死也與《長生殿》有著直接和間接的關係，恰恰是「曲終人不見，江上數峰青」了。

洪昇（一六四五—一七〇四年），字升思，號稗畦，又號稗村、南屏樵者，浙江錢塘人。洪昇出身於一個日趨沒落的世胄名門，他的曾祖父洪瞻祖在明朝曾官至右都御史，他的父親也「才絕時人，文傾流輩」，外祖父黃機是當時有名的學者，任文華殿大學士兼吏部尚書。家中藏書豐富，素有「學海」之稱，是當時有名的書香門第、官宦人家。

按說洪昇生長在這樣的人家該是很幸福的，可事實恰恰相反，洪昇在未出生時便已罹難。「母氏懷妊值亂離，夙者為余道辛苦。一夜荒山幾度奔，哀猿亂啼月未午。野火炎炎照大旗，溪風颯颯喧金鼓。費家田婦留我居，破屋覆茅少完堵。板扉做床席做門，赤日熒熒梁上吐。是時生汝啼呱呱，欲衣無裳食無乳。」（〈燕京客舍生日作〉）洪昇一生下來就在無衣無食的狀態中煎熬。雖然他的家境非常顯赫富厚，但並未給他的一生帶來好運。

康熙七年（一六六八年），二十四歲的洪昇為了求取功名，來到北京，雖裘馬豪雄，但自傷不遇，情緒始終抑鬱。一年後返回錢塘，不久便遭「家難」。據章培恆《洪昇年譜》考訂，是指洪昇夫婦與父母不合。洪昇生母黃氏，為側室，乃大學士黃機之女，妻黃蘭次，又是黃機的孫女，與洪昇同年，但比他遲生一日，二人是表兄妹，從小青梅竹馬，長大後締結婚約。但二人婚後卻不得意於大母，不得不與父親和生母長期分居，依附在黃機門下，關係更加惡化。後來帶著一家大小，流落飄零，衣食交迫，度過了一段艱苦困頓的生活。

洪昇家學淵源，小時聰慧好學，提筆即能成文，十五歲時便能做得一手好詩，如「西陵路下草毿毿，悵望斜陽思不堪。蝴蝶那知花落盡，還隨春色到天涯。」洪昇先後拜毛先舒、陸繁弨、沈謙、朱之京等人為師，同時又與中下層文人、優伶、隱士、僧道等有廣泛的聯繫，這些人或有儒道正氣，或有故國之思，或有宦海浮沉的慨嘆，這些都對洪昇的創作和人生態度產生了很深的影響。尤其在北京的那段時間，親眼目睹新貴的豪華和沒落的衰頹，更使他有一種悲涼的興亡之感，這種感傷力透紙背。

洪昇一生著述頗豐。其中有傳奇九種：《長生殿》、《回文錦》、《迴龍記》、《錦繡圖》、《鬧高唐》、《孝節坊》、《天涯淚》、《青衫濕》、《長虹橋》；雜劇一種《四嬋娟》。同時洪昇又是一位才華橫溢的詩人，留有《嘯月樓集》、《稗畦集》及《稗畦續集》，其他詩稿《幽憂草》和詞集《嘯月詞》、《昉思詞》已佚。另外著有《詩騷韻注》卻僅剩殘稿了。

在所有的作品中，最有成就的當然是這部《長生殿》了。它是敷演歷史傳統題材中唐明皇和楊玉環的愛情故事。在《長生殿》之前，亦有很多人寫過這個題材，如白居易的〈長恨歌〉，陳鴻的〈長恨歌傳〉等等。但洪昇的處理很是別出心裁，劇中的楊玉環乃是蓬萊島太真宮中仙女，因過錯託生人間，與唐明皇李隆基發生了哀婉纏綿的愛情故事，後來安祿山起兵，玉環被迫縊死馬嵬坡，但天上人間的距離也割不斷這風流皇帝和多情仙女的相思，他們的真情終於感動了月中嫦娥，安排他們在月宮相會，永享天年。

洪昇作《長生殿》，歷時十五年，三次刪改。康熙十二年（一六七三年）開始動筆，寫成《沉香亭》傳奇，康熙十八年，改成《舞霓裳》，直到康熙二十七年，又「念情之所鍾，在帝王家罕有」，乃「專寫釵盒情緣」，並最後定名為《長生殿》。

《長生殿》傳奇，由一首詞引出一個「情」字，由一個「情」字又引出一個故事。在這個故事裡，情動處總有深沉慨嘆，總有淚眼婆娑。

楊家有女初長成，一朝選在君王側。楊玉環以「德性溫和，丰姿秀麗」打動了唐明皇，被冊為貴妃。明皇以金釵、鈿盒相贈，願取「情似堅金，釵不單分盒永完」。唐明皇很寵這位楊貴妃，玉環春日高睡，明皇憐玉惜香，由她長睡不起。又怕她神思困倦，有傷身體，因帶她四處遊玩散心。明皇與玉環攜三國夫人，同遊曲江，其盛況空前：「春色撩人，愛花風如扇，柳煙成陣。行過處，辨不出紫陌紅塵。」

但卻也因這次「禊遊」，鬧出了一場事故：明皇竟有意於玉環的姐姐虢國夫人，玉環氣憤獨自回宮，而明皇第二天方才回來。玉環賭氣跑回娘家，卻放心不下，望著皇宮的方向，終日以淚洗面。「恁高灑淚，遙望九重閽，咫尺裡隔紅雲。嘆昨宵還是鳳幃人，冀回心重與溫存。天乎太忍，未白頭先使君恩盡。」這種相思之苦實在讓人傷心。可喜的是明皇也有悔改之意，讓高力士來傳達，玉環也忍痛剪下一縷青絲以表悔意：「好憑縷縷青絲發，重結雙雙白首緣。」感動明皇，將玉環復招回宮，二人別後重逢，相擁而泣，「這恩情更添十倍。」從此恩愛有加，曾共同製譜〈霓裳羽衣曲〉，享盡人間樂趣。

然而一波才平，一波又起。楊玉環始終擔心的一件事終於發生了。唐明皇舊情未斷，暗地裡召幸已失寵的梅妃江采蘋。玉環望穿雙眼，聖駕就是不到西宮，玉環不免又珠淚漣漣，「聞言驚顫，傷心痛怎言。把從前密意，舊日恩眷，都付與淚花兒彈向天。」一怒之下，闖入翠閣，與明皇大鬧一場。幸喜明皇懂得「情深妒亦真」，忍下性子，向玉環賠情，拿出定情信物金釵、鈿盒重表深情：「朕和你兩人呵，情雙好，情雙好，縱百歲猶嫌少。怎說到，怎說到，平白地分開了。總朕錯，總朕錯，請莫惱，請莫惱。」

經過兩次妒案，唐明皇看出了楊玉環是用難得的真心在愛他，他也被玉環的真情打動，遂收了心，不再在其他女人身上用情，二人的愛情到此更加真摯、純粹。七夕之夜，明皇與妃子同拜天孫，訂下海誓山盟：

（生上香揖同旦福介）雙星在上，我李隆基與楊玉環，（旦合）情重恩深，願世世生生，共為夫婦，永不相離。有渝此盟，雙星鑒之。（生又揖介）在天願為比翼鳥，（旦拜介）在地願為連理枝。

（合）天長地久有時盡，此誓綿綿無絕期。

此情此景，直可感天地，泣鬼神！

然而，好景不長，正當唐明皇與楊玉環沉溺在愛河，卿卿我我、恩愛纏綿之際，災難到來了。「漁陽鼙鼓動地來，驚破霓裳羽衣曲」。安祿山起兵謀反，進逼長安城。明皇攜貴妃出逃，怎奈六軍不發無奈何，宛轉蛾眉馬前死。死前二人情難割、意難捨，珠淚橫飛：

（縷縷金）魂飛顫，淚交加。（生）堂堂天子貴，不及莫愁家。（合哭介）難道把恩和義，霎時拋下！（旦跪介）臣妾受皇上深恩，殺身難報。今事勢危急，望賜自盡；以定軍心。陛下得安穩至蜀，妾雖死猶生也。算將來無計解軍譁，殘生願甘罷，殘生願甘罷！

像玉環這樣寧死為明皇開脫，為社稷是假，為明皇排憂解難是真，其情何等熾烈。而在這矛盾衝突的高潮明皇也同樣是聲淚俱下：「妃子說哪裡話！你若捐生，朕雖有九重之尊，四海之富，要他則甚！寧可國破家亡，決不肯拋捨你也！」做皇帝做到如此，也真是難得了。「情」字不是說出來的。而是在緊要關頭，通過一些決定表現出來的。這種真情，一望便知。

玉環死後，魂歸天界。剩一個唐明皇孤家寡人，在長生殿裡感物傷情，情動處又是一段神傷。第二十九出「聞鈴」有一段唱詞更是哀婉悱惻，淒淒涼涼：

〈前腔〉淅淅零零，一片淒然心暗驚。遙聽隔山隔樹，戰合風雨，高響低鳴。一點一滴又一聲，一點一滴又一聲，和愁人血淚交相迸。對這傷情處，轉自憶荒塋。白楊蕭瑟雨縱橫，此際孤魂淒冷。鬼火光寒，草間濕亂螢。只悔倉皇負了卿，負了卿！我獨在人間，委實的不願生。語娉婷，相將早晚伴幽冥。一慟空山寂，鈴聲相應，閣道崚嶒，似我回腸恨怎平！

這「一點一滴又一聲」竟是離人血淚，聞此語怎不讓人肝腸寸斷，痛哭失聲！

洪昇兩年後，舉家遷回杭州。回南後，洪昇因《長生殿》名聲大振。又因康熙帝不滿的事未曾公開，因此他所到之處，都大受歡迎。康熙四十三年（一七〇四年），駐在松江的江南提督張雲翼把他請去，演出《長生殿》。江寧織造曹寅（即曹雪芹的祖父）聽說後，又把他請到南京，也舉行盛大宴會上演《長生殿》，共演了三晝夜，並請了很多名士觀看，盛況空前。

但從南京還鄉時，經過烏鎮，當地朋友請他赴宴，酒後回船時，失足落水，又恰巧風把蠟燭也吹滅了，漆黑一片，船上的人無法救他，於是洪昇就淹死了，這一天是陰曆的六月初一，恰是楊貴妃的生日。

讀故事・學文學

清代文學故事　上冊

編　　著　范中華
版權策劃　李　鋒

發 行 人　陳滿銘
總 經 理　梁錦興
總 編 輯　陳滿銘
副總編輯　張晏瑞
編 輯 所　萬卷樓圖書(股)公司
排　　版　鄭　薇
封面設計　鄭　薇
印　　刷　百通科技(股)公司

發　　行　昌明文化有限公司
桃園市龜山區中原街32號
電　　話 (02)23216565
傳　　真 (02)23218698
電　　郵 SERVICE@WANJUAN.COM.TW
大陸經銷
廈門外圖臺灣書店有限公司
電　　郵 JKB188@188.COM
香港經銷
香港聯合書刊物流有限公司
電　　話(852)21502100
傳　　真(852)23560735

ISBN 978-986-92898-9-4
2016年4月初版一刷
定價：新臺幣250元

如何購買本書：
1. 劃撥購書，請透過以下帳號
帳號：15624015
戶名：萬卷樓圖書股份有限公司
2. 轉帳購書，請透過以下帳戶
合作金庫銀行古亭分行
戶名：萬卷樓圖書股份有限公司
帳號：0877717092596
3. 網路購書，請透過萬卷樓網站
網址 WWW.WANJUAN.COM.TW
大量購書，請直接聯繫，將有專人為您服務。(02)23216565 分機10

如有缺頁、破損或裝訂錯誤，請寄回更換

國家圖書館出版品預行編目資料

清代文學故事 / 范中華編著. -- 初版. -- 桃園市：昌明文化出版；臺北市：萬卷樓發行, 2016.04
冊；　公分. -- (讀故事.學文學)

ISBN 978-986-92898-9-4(上冊：平裝)

857.63　　105003271